살랑살랑 사는 것도 오붓하단다

허주시문선

살랑살랑 사는 것도 오붓하단다

1판 1쇄 발행 2022년 9월 2일

저자 허주

편집 문서아
마케팅 박가영　**총괄** 신선미

펴낸곳 하움출판사　**펴낸이** 문현광

이메일 haum1000@naver.com　**홈페이지** haum.kr
블로그 blog.naver.com/haum1000　**인스타그램** @haum1007

ISBN 979-11-6440-213-7 (03810)

좋은 책을 만들겠습니다.
하움출판사는 독자 여러분의 의견에 항상 귀 기울이고 있습니다.
파본은 구입처에서 교환해 드립니다.

청산도(靑山島)에서

바쁘게 살아가는 사람들이 찾아야할 섬은 청산도다.

한 곳에 가만히 있지 못하는 사람은, 청산도를 찾을 일이다.

시간 속에서 자기를 던질 수 있는 사람은, 청산도를 찾을 일이다.

시계를 보지 않고도 행복할 수 있는 사람은, 청산도를 찾을 일이다.

초점 잃은 눈으로 느긋하게 걷는 사람도, 청산도를 찾을 일이다.

청산도 절로 절로
녹수도 절로 절로
산 절로 수 절로
산수 간에 나도 절로

청산도는 게으름뱅이가 일상인 사람들이 쉬어가는 섬이다.

슬로우 라이프를 꿈꾸는 행려병자들이 천천히 걷는 섬이다,

헉헉 거리며 걷는 길이 아니다. 터벅터벅 걷는 길도 아니다.

쉬엄쉬엄 굼뜬 걸음으로, 느릿느릿 어슬렁어슬렁 걷는 길이다.
뒷짐 저도 좋다. 우보(牛步)로 천천히 걸어도 좋다.

청산에 살으리랐다.

섬 끝자락 휴가(休家)에서 한숨 자고 오는 것도 좋다. 자! 슬슬 떠나자.

청산은 나를 보고 말없이 살라하고
창공은 나를 보고 티 없이 살라하네
사랑도 벗어 놓고 미움도 벗어 놓고
물같이 바람같이 살다가 가라 하네.

청산은 나를 보고 말없이 살라하고
창공은 나를 보고 티 없이 살라하네
성냄도 벗어 놓고 탐욕도 벗어 놓고
물같이 바람같이 살다가 가라 하네.

나옹선사(懶翁禪師) -

Click - 서편제

목 차

살랑살랑 사는 것도 오붓하단다

김대건 신부

유네스코에서 2021년 세계기념인물로 선정.

1821년 충남 당진에서 출생,

조부 진후(震厚)의 권유로 천주교에 입교(入敎).

부친 제준(濟俊)은 기해박해(己亥迫害) 때 한양 서소문에서 순교.

김대건은 젊은 나이인 25세에 새남터에서 순교

김대건 신부의 조사기록에서

이양인(異樣人)들을 싫어하는 흥선대원군은, 1866년부터 7년 동안이나, 선교사들을 박해를 했습니다. 그것이 병인박해입니다.

이 때 8천여 천주교 신자들이 순교했습니다. 1868년에 일어난 천주교 박해는 병인박해 순교자의 40%에 이릅니다.

조사에 입회한, 프랑스 신부

당신들 머리에 쓴 것이 뭐요?

갓이외다. 갓을 써야 양반 대우를 받습니다.

갓이라!

갓(God)이면 하나님인데? 조선 사람들은 하나님을 머리에 이고 다닙니까?

아닙니다. 하나님의 성령이, 조선 사람들에게 임하고 있다는 말씀입니다.

그렇다면 하나님이 계시는 그대 나라, 조선은?

예! 조선(朝鮮)이요?

모두라는 열(十)자에, 낮이라는 날일(日)자와, 열 십(十)자에, 달(月)자를 씁니다.

조(朝)를 풀이하면, 십자가에 날 일(日), 십자가에 달 월(月)입니다.

낮(日)에도 십자가(十), 밤(月)에도 십자가(十), 하루 종일 십자가가, 옆에 있습니다.

이왕이면 선(鮮)자도 풀이해 주시지오

아! 그거요. 물고기 어(魚) 옆에 양(羊)자입니다.

물고기는 기독교의 상징인 '익투스' 오병이어(五甁二漁), 산상에서 예수님이 빵과 함께 나누어주신 생선입니다. 양(羊)은 신앙고백입니다.

예수 그리스도는 하나님의 아들이요 어린 양의 구주이십니다.

그러니 조선(朝鮮)은 하나님께서 예비해 두신 나라입니다.

또 물어봅시다.

조선 사람을 영어로 뭐라고 합니까?

Chosen People이라고 합니다. 선택된 사람이라는 뜻입니다.

와! 대단한 민족입니다.

그런데 이번 사건의 귀결을 어떻게 전망하십니까?

예! 머리를 자른다는 절두(切頭) 언덕에서, 저희들은 죽을 것입니다.

후세 사람들은 이곳에 화장터를 만들어, 검은 연기가 하늘을 덮게 하겠지요.

절두산(切頭山)이란 끔찍한 이름으로, 불리기 시작한 것은, 1866년 병인양요 때부터입니다.

화장터는 당인리 화력발전소였습니다.

사랑

물보다 깊으니라.
산보다 높으니라.
달보다 빛나리라.
돌보다 굳으리라.
사랑을 묻는 이 있거든
이대로만 말하라.

한용운

김수환 추기경

추기경이 가난한 집안에서 태어난 것은 사실이지만 개천에서 용이 난 것은
아니다.

할아버지는 1868년 무진박해(戊辰迫害) 때 순교한 김보현이다. 뼈대 있는 집
안의 후손이었다.

추기경은 옹기장사를 하던 아버지의 아호를 '옹기'를 물려받았다.

추기경이 초등학교에 다닐 때 아버지가 별세를 했다. 많은 식구들을 먹여 살
려야 할 짐은, 어머니 혼자서 걸머져야만 했다.

어머니는 여덟 명의 아이들을 사랑으로 키워, 순교자의 후예답게 아들 둘을
천주교회 성직자로 만들었다.

서울 동성상업학교에 다닐 때, 일왕 생일을 축하하는 글을 쓰라는 학교 당국
의 지시가 있었다.

추기경은 "나는 황국 신민이 아니다." 하고 거부하자 학교에서는 난리가 났다.

교장의 설득에도 듣지 않았다. 당시 교장은 이승만 시절 국무총리 장 면 박사다.

김수환 추기경은 일본 동경의 상지(上智)대학 철학과에 다닐 때였다. 학병으
로 징집될 것이 뻔해서, 아예 간부후보생으로 지원했다.

일본인에 대해 불온한 발언을 했다고, 불경선인(不敬鮮人)으로 낙인 찍혀 강제
전역을 당했다.

해방을 맞아 귀국한 그는 성신대학(현 가톨릭대학)을 졸업하고, 1951년 대구 계산 성당에서 서품을 받아 성직자의 삶을 시작했다.

학창시절 부산 범일동에 있는 형 김동환 신부가 시무하는 성당에 간 적이 있었다.

유치원에 근무하던 전형적인 조선 미인인 여성으로부터 뜻밖의 청혼을 받았다.

신도들이 뒷이야기를 물었으나 미소를 지을 뿐, 둘 만의 사연을 간직하고 싶었을 것이다.

가톨릭대학이 주최한 '열린음악회'에서 사회자가 노래를 한 곡 부탁하자, 곧바로 '등대지기'를 열창했다.

청중들의 앵콜에, 뜬금없이 김수희의 '애모'를 불렀다. 성직자가 부르기에는 좀 거시기한 노래다.

그대 가슴에 얼굴을 묻고 오늘은 울고 싶어라, (중략)
사랑 때문에 침묵해야 할 나는 당신의 여자!
그리고 추억이 있는 한 당신은 나의 남자여!

"당신은 나의 남자"를 "당신은 나의 친구"라고 고쳐 추기경다운 재치를 보였다.

추기경의 인생덕목(德目)에 '노점상'이란 항목이 있다.

남루한 노인이 운영하는 작고 초라한 가게를 찾아가라, 물건을 살 때는 고마운 마음으로 돈을 지불하라.

노점상에게서 물건 살 때는 값을 깎지 마라! 그냥 주면 게으름을 키우지만, 제 값을 주면 희망을 선물한 것이다.

먼저 시장 안을 둘러보아라. 덥석! 물건부터 집지 마라. 한 번 산 물건은 물릴 수 없다.

가지려고 하는 것 중에, 제일 좋은 것을 골라 남에게 주어라!

짐이 무거워 불편하다면 욕심이 과한 것, 준비가 부족한 사람은 어려운 세월을 보낸다.

실제로 추기경은 명동성당 앞 노점상에서 묵주를 사셨다.

명동성당에서 군사독재를 반대하는 대학생들이 농성했다. 이에 경찰은 농성에 가담한 학생들을 검거하겠다고 통보했다.

그는 단호한 어조로, "추기경인 나를 먼저 끌고 가라! 그 다음에 신부 수녀, 그 뒤에야 학생들을 끌어갈 수 있을 것이다."

추기경은 오랜 투병생활을 했지만. 고통스런 기색은 보이지 않았다. 오히려 두 눈은 맑고 총명했다. 그리고 웃으면서 아픔을 이겨냈다.

2009년 2월 어느 추운 날 하늘나라로 조용히 떠났다.

나는 바보인가 봅니다. 사랑이 머리에서 가슴으로 내려오는데 70년이 걸렸으니까요.

하늘을 우러러 부끄러운 점이 많습니다. 그래서 밝은 태양은 물론 밤하늘의 별도 보지 못합니다.

"감사합니다. 서로 사랑하세요."

추기경 김수환

감사기도

산길에서 호랑이를 만나면, 하나님 아버지! 저를 구원해 주세요.

이에 호랑이는 하느님 아버지, 저를 잊지 않으시고 일용할 양식을 주시니 감사합니다.

과연 하나님은 누구의 기도를 들어주셨을까요?

최일도 다일공동체 대표는 초등학생 시절에, 답을 어머니에게 물었습니다.

어머니는 뜸들인 후에 말씀하셨습니다.

호랑이는 순례자를 맛있게 잡수셨단다.

그렇게 된 이유를 물었습니다.

일도야! 하나님은 청원기도 보다 감사기도를 먼저 들으신단다.

감사가 넘치게 하소서!

아멘

큰일을 위해 힘이 필요합니다. 라고 기도했더니
겸손함을 배우라고 연약함을 주셨습니다.

많은 일을 할 수 있는 건강을 주시라고 기도했더니
가치 있는 일을 하라고 병을 주셨습니다.

편안하게 살기 위해 부자가 되고 싶다고 기도했더니

지혜로워지라고 가난을 주셨습니다.

사람들에게서 칭송을 받고자 기도했더니
뽐내지 말라고 실패를 주셨습니다.

모든 걸 다 갖게 해달라고 기도했더니
모든 걸 다 누릴 수 있는 삶을 주셨습니다.

구하는 것은 하나도 들어주시지 않았지만
기도하는 소원은 모두 다 들어주셨습니다.

사랑하는 여인

마른하늘에 날벼락 맞을 년

미친개한테 주둥이 물릴 년

굴러오는 돌에 맞아 죽을 년

발바닥을 찔러도 시원찮을 년

죽일 년 살릴 년 해도

도무지 미워할 수 없는 나쁜 년

시인 원태연

엄마!

아빠가 오줌을 쌌지?
그래서 벗긴 거야?

참! 녀석도

종교계를 이끈 세분이 발자취

종교계의 큰 어르신은, 한경직 목사(1902~2000) 성철 스님(1912~1993) 김수환 추기경(1922~2009)

각기 다른 종교지만 떠받치는 기둥은, 무욕 청빈 솔선수범 관용이었다.

세분은 가난한 부자들이기보다는, 어마어마한 유산을 물려준 엄청난 분이었다.

영락교회를 일으킨 한경직 목사님이 남긴 유품은 달랑 세 가지. 휠체어 지팡이 그리고 털모자다. 집도 통장도 남기지 않았다.

성철 스님은 기워 누더기가 된 두 벌 가사(袈裟)를 세상에 두고 떠났다.

김수환 추기경이 세상을 다녀간 물질적인 흔적은 신부복과 묵주다.

추기경님의 또 다른 유품은, 기증한 각막을 이식받고 시력을 되찾은 어느 시골 양반의 용달차를 모는 사진이다.

한경직 목사님이 작고한 이후 개신교는 또 한 차례의 중흥기를 맞아, 신도 수가 크게 늘었다.

성철 스님 열반(涅槃)한 뒤에, 스님의 삶이 세상에 알려지면서, 불교를 바라보는 눈길이 달라졌다.

김수환 추기경이 천주교를 이끌던 시절, 신도 수가 가파르게 증가했다.

세 분은 예수님의 말씀과 부처님의 가르침을 전하던 분이라기보다. 성자들의 삶을 그대로 살아보고자 했고 온몸으로 보여 주신 분이였다.

세상을 떠난 다음 세 분의 향기는 신도의 울타리를 넘어 일반 국민들 사이에 멀리 번져나갔다.

한경직 목사님은 설교할 때 신도들을 울리고 웃기는 능변(能辯)과는 거리가 먼데도, 목회자로 존경받는 것은 그의 삶이 설교의 빈 구석을 채우고도 남기 때문이다.

한 신도가 한경직 목사님이 추운 겨울 감기에 걸릴 걸 염려해서, 오리털 잠바를 선물했다.

영락교회에서 백병원 쪽으로 굽어지는 길목에서, 바로 그 잠바를 입은 시각장애인이 구걸하고 있었다.

목사님 아들도 같이 목회자(牧會者)의 길을 걷고 있지만 후계자라는 말은 흘러나온 적이 없다.

성철 스님은 신도들의 시주(施主)를 받는 걸, 화살을 맞는 것(受施如箭) 만큼 아프고 두렵게 여기라고 가르쳤다.

쌀이 한 톨이라도 수채 구멍으로 흘러간 흔적이 보이면, 다시 주워 밥솥에 넣으라고 불호령을 내렸다.

성철 스님은 불교계의 큰 어른인 종정(宗正)직을 오래도록 맡았지만, 중 벼슬은 닭 벼슬만도 못하다며 항상 종정 자리를 벗어날 기회를 엿보았다.

세 분은 자신이 믿는 종교의 가르침을 널리 펴고 실천하면서, 다른 종교에 대해 이렇다 저렇다 말씀한 적이 없었다.

김수한 추기경은 성철 스님의 부음을 접하고 누구보다 먼저 조전(弔電)을 보냈다.

오늘의 문제를 풀기 위해 멀리 밖에 나가 배울 필요가 없다. 고개를 들면 스승의 열성이 보이고, 고개를 숙이면 스승들의 생애가 보인다.

세 분의 발자취를 따라가 보면, 무욕 청빈 솔선수범 관용이 거기에 있다.

부인이 여행 중에 갑자기 사고를 당했다.

장의사

한국으로 운구하는 데 5.000달러가 듭니다. 그러나 신성한 예루살렘은 150달러 면 됩니다.

남편이 한참을 생각하더니, 부인을 고국으로 운구해달라고 했다.

장의사

왜 5000달러를 쓰세요? 한국 사람들은 그리도 돈이 많습니까?

남편

예수님께서는 이 땅에 묻혔는데, 3일 만에 부활하셨다고 합니다. 그게 무서워서요.

한국으로 운구해서, 관을 뒤집어 묻을까 해요. 그러면 마누라는 땅 밑을 계속 파고 있을 겁니다.

절에 가면 절을 하지요.

불교조계종 본당에 걸린 구인 광고

삼라만상 억조창생 중에서
스님만 님자를 붙여 높여 부릅니다.
중을 우러러보는 까닭입니다.

스님은 생활비도 집 마련도
건강도 출세도
결혼도 걱정이 없습니다.

가난한 중 보셨습니까?
못 배웠어도 자가용 굴리며
할 짓, 못 할 짓, 다 합니다.

통장 한번 보실래요?
쓸래야 쓸 일이 없으니
중은 모두가 부자입니다.

불경 그런 거 몰라도 됩니다.
코로나로 집에 박혀 있어
할 일 없는 분도 좋습니다.

실업자분은 더욱 좋습니다.
출가하실 분 어디 없나요?
어서 오세요! 환영합니다,

당신 생에 가장 빛나는 선택은 출가가 될 것입니다.

출가자가 감소하여 승려 지원자가, 한해 100명 이하로 줄어들자, 위기를 느낀 조계종은 출가자 모집 현수막을 전국의 사찰과 불교대학에 걸었다.

과거에는 200명이던 출가자가 최근에 100명가량으로 줄어들었기 때문이다.

행자생활 기초교육에 6개월~1년 버텨야 스님이 될 수 있다.

밤 9시에 취침해서 새벽 3시에 일어나 참선하는 게 힘들어, 중도에 포기하는 사람이 많다.

현수막 모델은 비구(남) 세진 스님과 비구니(여) 우담 스님

그래서 종단은 살길을 찾아 몸부림치고 있다.

부연하여

산사 처마 끝에 매달린 풍경이 바람으로, 울리는 소리가 좋았어요.

풍경소리라는 시도 읽었습니다.

풍경소리를 아파트에서 듣고 싶어서, 베란다에 풍경을 달았습니다.

그런데 바람이 불지 않아, 소리가 나지 않는 거예요.

느꼈어요. 풍경은 바람이 있어야지! 그렇지 않으면 아무 소용이 없구나.

아름다운 소리를 내기 위해서는, 당신이라는 바람이 필요합니다.

경상도 할머니와 미국 청년

한참 만에 버스가 왔다.
왔데~이~

미국인은 오늘이 무슨 요일이냐고 묻는 줄 알고
Monday

할머니가 무슨 차냐고 묻는 줄 알고
버스데~이

미국인은 오늘이 할머니 생일인줄 알고
happy birthday

그러자 할머니는 차 샀을 모르는 줄 알고,
일반버스가 아니라 직행버스데~이

1. 인생은 뭐래도 운이다. (운이 70%, 의지가 30%)

2. 인생에서 제일 나쁜 것은 초년성공 중년상처 노년빈곤이다.

3. 학교 다닐 때 별 볼일 없는 사람이 성공한 경우가 많다.

4. 남자는 40대 후반부터 급속하게 비겁해진다.

5, 여성은 40대 초반부터 급속하게 여유 만만해진다.

6. 재능보다 중요한 건 배짱과 끈기다.

7. 명함을 뿌리지만 읽는 사람은 거의 없다.

8. 한번 떠나면 그쪽 인맥은 거의 남지 않는다.

9. 월급은 공헌해서 받는 것이 아니라 기회손실 비용이다.

10, 추억이나 기억은 매우 부정확하다.

11. 잘난 사람보다 무능한 사람이 오래 버틴다.

12, 인생의 가장 큰 실수는 대인관계에서 유 불리를 따지는 것이다.

13. 무엇이든 20년은 해야 겨우 전문가 소리를 듣는다.

14 회사는 퇴직한 직원을 기억하지 않는다.

15, 다음은 나도 몰라!

맨해튼 Manhattan

정복자는 먼저 포병을 보내고, 다음에는 보병을, 마지막으로 장사꾼을 보낸다.

1626년, 네덜란드 국왕이 신대륙 아메리카에 파견한 상인 페터 미누이트는, 해변 가까운 곳에서 아름다운 섬을 보았다.

장사꾼의 안목이란 목전의 이익만 보이는 법인데, 더치 상인의 안목은 달랐다.

이곳에 성벽을 쌓아 요새를 만든다면 훌륭한 도시가 될 것이다.

이 섬에는 카타르시즈 라는 부족이 살고 있었다.

추장에게 섬을 파는 대가로, 네덜란드에서 가져온 도끼, 망치, 악기와 여러 종류의 총포를 주겠다고 제안했다.

그런데 추장은 보물들은 거들떠보지 않고, 상인의 마치에 있는 유리구슬에 눈이 꽂혔다. 손주에게 주려고 구멍가게에서 구입한 것이다.

유럽에서 가져온 한낮 구슬에 감탄한 추장은 살던 섬을 팔고 떠났다.

보잘 것 없는 바위투성이가, 네덜란드 상인의 눈에는 훌륭한 도시로 보였을 것이다.

이 섬은 세계 금융 무역 예술의 중심지인 뉴욕 맨해튼이다.

프랑스 샤넬 핸드백도 배고픈 들개에게는 한 끼 식사밖에 안 될 것이다.
Youtube ; 걸어서 세상 속으로, 뉴욕

참기름도 잡혀갔습니다.
라면이 불어서

김밥이 잡혀갔습니다.
말려들어서

아이스크림도 잡혀갔습니다.
차가와서

스프가 잡혀갔습니다.
국물이 쫄아서

달걀이 잡혀갔습니다.
후라이쳐서

꽈배기가 잡혀갔습니다.
일이 꼬여서

식초가 잡혀갔습니다.
초쳐서

소금이 잡혀갔습니다.
너무 짜서

고구마가 모두 해결했습니다.
구워삶아서

비계 덩어리

모파상

새벽안개를 뚫고 마차 한 대가 어둠 속으로 사라졌다. 프러시아에게 패한, 프랑스의 상류층 여성들이 탄 마차였다.

이외에도, 수녀 2분과 수더분한 아줌마가 타고 있었다.

한 귀부인이 말했다.

여자라고 다 같은 여잔 줄 아세요? 그런 `비계 덩어리' 여편네와는 말도 섞지 마시요!

그러자 신분의 차이가 이질감을 불러와, 분위기는 냉랭해졌다.

수녀가 타고 있다는 것도, 이들에게는 기분 잡치는 일이었다.

피난길에서

아무런 준비 없이 길을 나선 이들은, 추위와 허기에 불안감마저 엄습했다.

눈보라로 달리는 속도가 느려지면서, 마차 안의 분위기는 차갑게 얼어붙었다.

설상가상으로 마차 바퀴가 빠져버렸다.

이때 수더분한 아줌마가, 바구니에서 술병을 꺼내더니, 추위에는 포도주가 제일 좋습니다. 이래서 어색한 분위기는 사라지고, 비로소 대화가 시작되었다.

누구 하나 말을 걸지 않던, 뚱보 아줌마에게, 처음에는 고위층 부인이 다음에는 상인 부인이 다가와 인사를 했다.

마차가 중간기착지에 이르러, 안도의 숨을 쉬고 있는데, 이내 절망에 빠진 사건이 발생했다.

국경수비대 대장에게 뇌물을 주고 산 여행허가증이 가짜로 판명 된 것이다.

그런데 헐! 검문소 책임 장교가, 눈감아 주는 대신에 내건 통과 조건은, 바로 마차에 있는 아무 여자와의 잠자리였다.

아무리 적군이라도 그렇지, 그들은 적군의 파렴치한 요구에 분노해서, 단호하게 거부 의사를 밝혔다.

머지않아 대대적인 소탕작전이 있으리란 소문에, 불안감이 더해가면서 상황은 급변했다.

이런 요구를 야만적이라 비난하던 아줌마들도, 자신들의 운명을 손에 쥐고 있는 상대방을, 거역할 수 없다는 것을 잘 알고 있었다.

나는 안 된다. 나만은 그럴 수 없지. 귀부인들은 고개를 저었다.

뚱뚱한 "비계 덩어리" 라고 욕한 아줌마들이, 더 적극적으로 반대하고 나섰다.

그러면서 대상을, 수더분한 아줌마를 특정하고, 어떻게든 설득하려고 들었다.

멋진 몸매를 가진 프러시아 장교를 보고, 적군인 것이 유감이라는, 귀부인의 바람기 어린 말이 끝나자,

이구동성으로 뚱보 아줌마의 숭고한 희생정신이 필요하다고 강조했다. 하지만 아줌마의 저항은 완강했다.

그러자 이번에는, 신은 순수한 목적으로 행한 죄는 용서할 것이라면서, 수녀들이 설득에 나섰다.

너무 집요하게 나오자, 저항하던 아줌마도 어쩔 수 없이 백기를 들었다. 그래서 귀부인들에게 등을 떠밀려 적군 천막으로 들어갔다.

한참 후에 마차는 출발했다.

잔영

비계 덩어리 아줌마는 음욕의 화신이 되었고, 거기에다 적군의 위안부가 되었다.

신분 차이로 사회를 풍자한 모파상의 `비계 덩어리'는, 씁쓸한 뒷맛을 남기면서 끝이 난다.

처녀 뱃사공

예쁜 건 알아가지고! 그러니 서방이 있다고 하면 지가 어떨 거야?

뱃사공은 남정네만 하는 줄 알았는데 젊은 여인이었다.

장난기가 발동한 원님 .

"자네 배에 올라타니 기분이 째지는군, 그래"

여인의 고개를 들지 못하자. 원님이 실실 쪼개며

"남편의 성이 무엇인고?"

백 서방이라 하옵니다.

"허허! 백 서방이라! 하나도 힘든데, 백 명을 어떻게?"

그러는 댁은 뭐하는 분이오?

"나는 사천고을 원이네."

그래요? 댁 마님도 참 안되었습니다.

나야 서방이 백 명뿐이지만, 일이천도 아니고 사천이나 모시려면, 고생이 이만 저만 아니겠소.
　마침내 배가 건너편에 다다르자

잘 가거라!

여인이 손을 흔들자

"이게 무슨 망발이야?"

내 배에서 나왔으니 내 아들 아니오?

뱃사공이 내리는데, 치마 단이 풀어져 속치마가 보였다.

뒤 따르던 원님

"뒷문이 열렸네!"

그러자 여인이 치마끈을 당기며,

개가 짖지 않았으니, 도둑맞지는 않았네 그려!

원님은 졸지에 강아지 신세가 되었다.

오빠(oppa)

우리말 '오빠'가 옥스퍼드 사전에 등제되었습니다.

왜 뻔한 이야기를 가지고 호사가들은 그렇게 말이 많을까요?

사회적으로 이슈가 되는 일을 주로 취급하는 한 포털 사이트에서 남성들의 "작업멘트"를 조사했습니다.

1위는 오늘 따라 예뻐 보인다.

2위는 아프지 마.

3위는 당신은 다른 사람과 달라.

4위는 이런 감정은 처음이야!

5위는 전에 어디서 만나지 않았나요?

6위는 오빠 믿지!

여성들은 이런 입바른 말에 쉽게 마음을 엽니다.

외국은 한국과는 달리 Sister에 대한 언급이 없습니다.
그러면 한국에서 오빠는 어떤 존재일까요?

오빠 (oppa)

종갓집 할머니에게 남편을 오빠라고 부르면 어떠냐고 물었더니, 하늘같은 시

방님인데! 그러면 안 되지.

윤석열은 김건희 보다 12살 위인데, 여보라고 부를까요? 궁금해서 물었더니, 비밀이에요. 호호

프랑스 대통령 마크롱 부인이 담임교사일 때, 남편은 초등학교 학생이었습니다. 대통령이 25살 아래인데 뭐라고 부를까요?

백종원의 부인 소유진은 15살 연하입니다. 그래도 오빠라고 부릅니다.

파핀현준은 박애리 보다 2살 아래이지만 누나라고 부릅니다.

한혜진은 기성용보다 8살이 많은데 기성용을 오빠라고 부릅니다.

탤런트 김용건이 75세인데도 불구하고 39세 연하의 젊은 여인을 임신시켰습니다. 그 여인은 선생님이라고 부릅니다.

세계에서 가장 차이가 난 기록은 아내 73살, 남편 38살 – 기네스북에서

오빠는 욕심쟁이, 오빠는 심술쟁이, 오빠는 깍쟁이, 오빠는 풍각쟁이

오빠는 강남스타일, 젊은 오빠가 괴롭다.

오빠 생각

우리 오빠 말 타고 서울 가시면
비단구두 사가지고 오신다더니

서울 가신 오빠는 소식도 없고
나뭇잎만 우수수 떨어집니다.

부연하여

북한에서는 여성이 남편이나 애인을 '오빠'라고 부르면 처벌 대상이 됩니다.

무분별한 남한 언어의 유입을 막아, '아름다운(?) 조선말'을 지키기 위한 북한 당국의 어문정책 때문입니다.

북한 부인이 남편을 오빠라고 부르는 날은, 통일이 된 것으로 보면 됩니다.

부처님 국적은?

중국이요.

에이! 인도야!

분명 중국 사람이요.

불상을 비스듬히 눕히니

MADE IN CHINA

파리 에펠탑

1889년 프랑스 혁명 100주년, 세계 박람회를 기념하여, 귀스타브 에펠이 에펠탑을 만들었다. 우뚝 솟은 탑은 박람회 위치를 알려준다. (Gustave Eiffel)

300m 높이에서 360도 회전하는 에펠탑에서 본 파리의 야경은 환상적이다.

파리는 언덕이 많은 도시이지만, 에펠탑만은 어디서든 볼 수 있다.

36m 이상 높이의 건물이 들어설 수 없게, 도시 전체를 고도제한 했기 때문이다. 이 약속은 지금까지 지켜지고 있다.

프랑스 소설가 모파상

에펠탑을 싫어하는 당신이, 왜 에펠 레스토랑에 자주 얼쩡거리십니까?

에펠탑을 볼 수 없는 유일한 장소이니까요.

반대 여론도 만만치 않았다.

추악한 고철 덩어리
천박한 해골 이미지
볼품없는 공장 굴뚝

기하학적인 격자구도는 인성을 파괴한다.

어마어마한 높이는 인간을 왜소하게 만든다.

탑 앞에 서면 누구나 비참하게 느껴진다.

에펠탑이 없다면 시야가 탁 트인다. 감상할 권리를 시민에게 돌려주어야 할 것이다.

그러면서 산업이 판치는 파리에서 예술을 지키자고 했다.

작곡가 구노가 앞장을 서서 반대여론을 주도했다. 그러나 밀려드는 관광객 때문에, 구노는 백기를 들 수밖에 없었다.

그래서 에펠탑이 세계적인 명물로 각광을 받자, 구노가 탑 꼭대기 층 옥탑방에서 기거하는 에펠을 찾아와, 자작곡 아베마리아를 연주했다. 반대를 접고 손을 내민 것이다.

파리 시장은 이런 부정적인 여론에 대해, 적극적으로 반대하고 나섰다.

에펠탑은 세느강의 전경을 볼 수 있는 유일한 장소이다.

나폴레옹도 만들지 못한 지상 300m, 세계에서 가장 높은 국기 게양대가 에펠탑이다.

에펠탑 꼭대기에서 프랑스 삼색기가 휘날리는 한, 프랑스의 장래는 영원할 것이다.

카이젤 수염을 휘날리며

당신에게만 알려준다. 절대 누설하지마라! 한 사나이가 에펠탑을 팔겠다고 하면서 구매자를 모집했다.

그의 말에 의하면, 파리시는 에펠탑을 철거하기로 결정했다. 그리고 자기가 시장으로부터 철거에 관한 전권을 위임받았다.

그러면서 서류 일체를 제시했다.

이 사나이는 7300톤이나 되는 에펠탑을, 서류상으로 팔아 돈은 챙기고 종적을 감췄다.

10여년이 흘렀다. 그 사건이 잊혀 질 즈음, 파리 귀족들을 바하마 군도에 있는 호화로운 별장에 초대를 받았다.

지평선 끝까지 자신의 영지라는 남작(男爵)은, 사업설명회 자리에서, 에펠탑을 고철 값으로 팔 계획이라고 했다,

일확천금할 수 있는 절호의 찬스였다. 그래서 귀족들 사이에 경쟁이 벌어졌다.

에펠탑은 고액을 쓴 사람에게 팔렸다.

에펠탑을 두 번 씩이나 팔아먹은 유명한 사건이다.

송 해 오빠

낙원극장 옆 서민들이 다니던 이발소를 지나면 돼지국밥집이 있었다. 2시쯤인가, 식당에 들어서다 송 선생과 눈이 마주쳤다. 그래서 목례를 하고 앞자리에 앉았다.

선생이 창밖을 보는데, 외로움이 스쳐 지나갔다. 단신 월남해서 북에 있는 가족이 어른거렸나?

지금껏 숱에 들어왔던 이야기겠지만, 건강을 유지하는 비결은?

네! 어렵지 않아요. 나는 치약 대신 소금물을 써요. 해보면 그게 낫다는 것을 금방 알 겁니다.

치과 검진도 정기적으로 받구요. 이빨 건강이 중요하다는 것을, 주위 분들에게 알려주세요.

전국 노래자랑 송 해는, 1927년생 본명은 송복희, 황해도 재령군에서 7남매 중 막내로 태어났다.

해주예술전문학교 졸업.

바다를 건너왔다고 해서, 바다 해 자를 넣어 '송 해'라고 자신이 작명했다.

1955년 유랑극단 '창공악극단'에서 가수 생활을 하고, 타고난 입담으로, 기라성 같은 구봉서 서영춘 배삼룡과 극장의 쇼 무대를 같이 했다.

1988년부터 34년 동안, KBS 전국노래자랑에서 일요일의 남자로 활약했다.

이 대회를 출연해서 이름을 알린 가수는, 임영웅, 장민호, 영 탁, 이찬원, 김희제, 정동원이다.

개그맨 이용식 김학래가 가장 무서워하는 것은 '송 선생과 술자리'라 할 정도로 대단한 주당이었다.

자신은 소주 5잔이 주량으로 밝혔지만, 실은 5병이라고 한다.

방송인 이상벽도 알아주지만, 먼저 취해서 송 선생이 업고 왔다고 한다.

장수 비결은 BMW, 즉 BUS, METRO, WALKING

 이런 일도 있었다.

송 해 선생이 술을 진탕 마시고 아가씨와 호텔에 간다는 것이, 그만 자기 집으로 갔다.

마중 나온 아내에게, 어이! 아줌마! 방 하나 주이소.

다행히 술집 아가씨는 눈치가 빨라, 송 선생님이 너무 취하셔서, 제가 모시고 왔습니다.

아내는 그 아가씨와 이런저런 이야기를 나누다가 늦게 잠이 들었다.

술이 깬 선생, 낯선 여자가 아내 방에 있는 것을 보고 기겁해서,

"어! 저 여자 누구야?"

영숙이도 몰라요? 친척 조카예요.

최장수 연예 사회자로 기네스북에 등제 되었다.

정부에서는 금관문화훈장을 추서했다.

송 해 선생 유언

재산 일부는 정동원 군에게 전해주세요,

콜럼버스의 유언

천신만고(千辛萬苦) 끝에, 신대륙 아메리카를 발견해서, 스페인에 헌상(獻上)했는데!

조국이 나에게 준 것은 아무 것도 없다.

그러니 나는 한 발짝도 스페인 땅을 밟지 않겠다.

유언에 따라 묻힌 곳은, 신대륙을 발견하기 전에 마지막으로 기착한 쿠바였다,

오랜 세월이 흘렀다.

스페인 국왕

짐은 참회한다. 그러니 콜럼버스를 고국으로 운구하라.

그의 유언을 존중해서, 관(棺)에 네 다리를 붙여, 시신이 스페인 땅을 밟지 않게 하라.

세비야 대성당의 공중에 떠 있는 무덤에서. 콜럼버스는 녹슨 황금 관 속에 누워 있다.

하늘의 문에도 이르지 못하고, 대지의 품에도 안기지 못하고, 유령처럼 하늘을 떠도는, 콜럼부스의 영혼이 그 안에 갇혀 있다.

스페인에 부연하여

케세라. 세라.

스페인어 'Que ser ser는 흔히 '될 대로 되라'는 포기하는 말로 알지만, 될 것은 되고야 만다. 일어날 일은 일어나는 법이니 걱정일랑 하지마라!

괜찮아! 잘 될 거야! 걱정 마라! 비틀즈 'let it be'와 같은 말이다.

스페인 사람들은 낙천적이다.

훔칠 게 없어서 돌아서는 도둑에게도, 올라(Hola)!하고 인사를 한다.

대통령 징크스 (Presidential Jinx)에서,

링컨(Lincoln)과 케네디(Kennedy) 이름은 공교롭게도 모두 7글자다.

두 사람 모두 머리에 총을 맞고 사망했다.

모두 뒷머리에 총을 맞았다.

모두 금요일에 부인 앞에서 사망했다.

부인들이 결혼하고 40년이 지나자, 두 사람이 동시에 사망했다.

링컨 대통령은 1860년에 대통령으로 당선되었고, 케네디 대통령은 100년 후 1960년에 대통령으로 당선되었다.

부통령 이름이 모두 존슨이었다. (링컨-앤드루 존슨, 케네디-린든 존슨)

링컨 대통령의 뒤를 이은 앤드루 존슨 부통령은 1808년생이고, 케네디 대통령의 뒤를 이은 린든 존슨 부통령은 1908년생이다.

링컨은 1846년 하원의원에 당선되었고, 케네디는 100년 후 1946년 하원의원에 당선되었다.

링컨 대통령의 암살범 존 윌크스 부스는 1839년생이고 케네디 대통령의 암살범 리 하비 오스월드는 1939년생이다.

대통령과 부통령 암살범은 모두 남부 출신이다.

링컨 대통령 비서는 존(케네디의 이름)이고, 케네디 대통령의 비서는 링컨이다. 암살 당일에 두 비서가 그곳에 가지 말라고 말렸다.

링컨 대통령은 포드극장에서, 케네디 대통령은 포드 자동차 안에서 사망했다.

링컨은 죽기 일 주일 전, Marylyn(마릴린)의 Monroe(먼로)라는 곳에 있었고, 케네디는 죽기 일 주일 전, 영화배우 Marilyn Monroe(마릴린 먼로)와 함께 있었다.

암살범 존 윌크스 부스(John Wilkes Booth)와 리 하비 오스월드(Lee Harvey Oswald)의 이름은 15글자다.

링컨의 암살범 존 윌크스 부스는 극장에서, 케네디 암살범 리 하비 오스월드는 창고에서 나와 극장에서 잡혔다.

암살범은 재판을 받지 않고 사망했다.(링컨 암살범은 도주 중에 사살되었고, 케네디 암살범인 잭 루비라는 다른 저격범에게 암살되었다.)

Korean Mistery

대통령은 반대 순서로 돌아가셨다.

노무현 김대중 김영삼 노태우 전두환

전두환 노태우 김영삼 김대중 노무현

박정희와 박근혜의 불가사의

박근혜는 박정희 서거 51.6년 후에, 51.6% 득표로 대통령에 당선되었다.

박정희는 61세에 대통령직을 그만 두었고, 박근혜는 61세에 대통령이 되었다.

박정희는 18년 동안 대통령직을 수행했고, 박근혜는 18대 대통령에 당선되었다.

박정희는 3번의 개헌으로 집권했고, 박근혜는 3번의 승리로 집권했다.

박정희는 김(김재규)의 오른팔에 죽었고, 박근혜는 김(김종인)의 오른팔에 당선되었다.

박정희는 문(문세광) 때문에 부인을 잃었고, 박근혜는 문(문재인)를 이겨 대통령이 되었다.

동가식(東家食) 서가숙(西家宿)

외동딸이 방년이 되어서. 복숭아 향기가 모락모락 나자, 다리 놓는 매파가 바쁘다.

두 곳에서 청혼이 들어왔다.

그래서 용한 판수에게 점을 부탁했더니. 난생 처음 보는 점궤가 나왔다.

사내가 둘이 들어올 것이니, 신방도 두 개 준비하라는 것이다.

믿지 못하면 왼쪽 뺨에 도화살, 고소영 점이 있거나, 정수리에 쌍가마가 있는지 살펴보라고 했다.

점쟁이는 공돈은 먹지 않는 법

얘 야! 서쪽 집 사내는 힘이 장사라, 건강은 물어볼 필요가 없으나, 집안이 찢어지게 가난하단다.

동쪽 집 사내는 재산은 많지만, 몸이 골골하니 그것이 걱정이구나!

너는 누구에게 시집을 갔으면 좋겠냐?

그러자 딸이 배시시 웃으면서

잠은 서쪽 방에서 자고, 밥은 동쪽 방에서 먹으면 되겠네요!

콜럼버스 보고서

아메리카 인디언은 이 세상에서 가장 위대하고 성스럽고 우아하고 평화롭고 유순한 종족입니다.

세상에 이들보다 더 다정하고 온유하고 현명한 사람은 없습니다.

그들은 야만인이 아닙니다. 성인(聖人)으로 이루어진 부족입니다.

그들은 이미 기독교 정신을 실천하고 있었습니다.

그들 사이에 악행이라고 간주되는 것도 문명사회와 비교하면 선행입니다.

그들은 지구상에서 가장 숭고한 종족이니, 선교할 필요가 없습니다.

그들은 종교와 윤리에 관해서, 높은 수준을 가진 고매한 종족입니다.

스페인 국왕께 맹세합니다.

위대한 신이시어!

우리들이 서로 사랑하고 미워하지 않게 하소서.

비록 흰 사람들이 우리의 땅을 빼앗고, 우리를 없애려고 해도, 그들을 미워하지 않는 마음을 갖게 하소서.

그들에게 평화와 겸허함을 가르쳐 주소서.

우리들은 서로 다투고 싸워야 하는 사이가 아니라, 서로 돕고 사랑하며 살아야하는, 같은 형제임을 깨닫게 하소서

그들의 머리위에 축복을 내리로서.

아메리카 인디안 아파치족의 결혼축사

이제 두 사람은 비를 맞지 않으리라.
서로가 서로에게 지붕이 되어줄 테니까.

이제 두 사람은 춥지 않으리라.
서로가 서로에게 따뜻함이 될 테니까.

이제 두 사람은 외롭지 않으리라.
서로가 서로에게 동행이 될 테니까.

이제 두 사람은 두 개의 몸이지만
두 사람 앞에 하나의 인생만 있으리라.

이제 그대의 집으로 돌아가 함께 살아라.
그대들은 대지 위에서 오랫동안 행복하리라.

바람의 정체

우리 조상들은 참으로 멋들어진 말을 사용했다. 시적 여유가 한아름이다. 이름 하여 바람. 일탈한 사랑에 대한 함축적인 표현이다.

바람 피는 것을 한자로 불륜(不倫), 영어로 To have an affair (사건을 저지르다) 혹은 cheat(배우자를 속이고 바람을 피운다.)

바람은 솜털처럼 포근하고 가벼워 시비(是非)가 없다. 과대 포장도 없다.

바람을 피는 것은 바람처럼 오고 가는 자연현상이니 그저 바람이다. 하지만 바람은 설명하기 어려운 유혹이다.

사람의 체온은 36,5도, 남녀가 합하면 73도다. 한 사람이 빌붙으면 100도를 넘어, 누구 하나는 화상을 입는다. 이게 바람의 숙명이다

미스 김의 황당한 실수

사장님이 차 대기시키라고 하시는데, 차 달라는 줄 알고, 커피를 들었습니다.

카피해 달라는 말씀을, 커피 달라는 줄 알고, 까페 라테를 드렸습니다.

손님 세분이 오셨는데, '커피 한 잔 줘요.' 하는 말을 듣고, 달랑 한 잔만 드렸습니다.

골프채 손잡이를 샤프트라고 하는데, 그것도 못 알아듣고, 샤프펜슬을 드렸습니다.

구정에 사장님이 50만원을 주시면서, 신권으로 바꿔오라고 하셨습니다. 그걸 잘못 알아듣고, 식권 100장을 사드린 적도 있습니다.

차안에서 사장님이 '나 사장인데' 하는 말씀을, 다른 임원에게, 나 사장 전화입니다. 하고 바꿔드린 적이 있습니다.

사장님께서 손님대접을 잘 해야 한다고 하셨는데, 사장님! 대접이 없는데요.

사장님께서 외국담배 휘니스를 찾으시는데, 잘못 듣고, 담배 가게에서, 아저씨! 페니스 주세요.

발인이 언제인지 물어보라고 하셨는데, 발기가 언제인가요.

전화 받는 분이 미스 누구죠? 그래서 아닙니다. 아줌마에요. 그랬더니 미스 안 잘 부탁해요.

무슨 차일까?

주인마님이 차를 내 왔는데. 내심 수박화채나 수정과이길 바랐다.

그런데 투명한 액체가 목안에서 한동안 맴돌며 야릇하게 감성을 뒤흔든다.

형언할 수 없는 귀한 향이었다.

주인마님에게 물었더니, 오늘은 마음으로 즐기시고. 다음에 알려드리지요!

눈을 감고 음미해보니, 청도 감와인 향이 조금 섞여있었다.

잘 익은 감식초를 설탕물에 희석한 것이다.

청량음료와는 달리 갈증이 확 가시고 입안에서 향기가 돈다.

참신한 발상, Copernican Revolution

위 그림

스페인의 어느 시장에서는 크리스마스에 독특한 모양의 인형을 팝니다.

종교지도자, 유명 가수, 애니메이션 캐릭터 등 아주 다양합니다.

그런데 인형 모두가 바지를 내리고 응가 하는 모습입니다.

찰리 채플린, 엘비스 프레슬리, 도라에몽, 심지어 교황도 바지를 내립니다.

요즘에는 버락 오바마 대통령의 응가 하는 인형이, 가장 인기가 높다고 합니다.

콜럼버스

계란을 테이블 위에 세울 수 있을까?

콜럼버스는 계란 모서리를 툭툭 쳐서, 넘어지지 않게 바로 세웠습니다.

옥스퍼드 대학에서 출제한 문제

물을 포도주로 바꾼 예수님의 기적에 대해 논하라!

물이 주인을 만나 얼굴을 붉히더라! 학생이었던 낭만 시인 바이런의 답

얼음이 녹으면 물이 된다는 진리에 대해서 논하라.

봄이 온다. 한 소녀의 답

현명한 화원

왕은 애꾸눈에 외다리에다가 난쟁이였습니다.

처음 화원은 왕을 다리 둘에 두 눈에 보통 신장인, 정상인으로 그렸습니다.

우롱 당한 느낌이 들은 왕은, 화원의 목을 베어버렸습니다.

두 번째 화원은, 왕을 있는 모습 그대로 그렸습니다. 애꾸눈에 다리 하나에 키는 왜소하게 그린 것입니다.

그러자 절망이 분노로 변한 왕은, 화가를 장님으로 만들어버렸습니다.

세 번째 화원은, 왕이 말을 타고 사냥하는 모습을 그렸습니다.

다리 하나는 말의 반대편에 두어, 다리가 보이지 않게 했습니다. 총을 겨냥할 때 한쪽 눈을 감으니 총신을 뺨에 붙여 애꾸라는 것을 모르게 하고, 난쟁이라고 생각하지 않게, 등을 굽힌 기수로 그렸습니다.

그러니 그림속의 왕은 정상적으로 보였습니다.

왕은 황소 세 마리를 상으로 내렸습니다.

마중물

펌프에 물을 약간 남겨놓으면, 아래 물이 따라 올라옵니다.

면접시험에서

강철 왕 카네기는 직원을 채용할 때 포장한 물건을 푸는 문제를 냈습니다.

포장 끈을 꼼꼼하게 푼 사람은 불합격을 주고, 주머니칼로 단번에 잘라버린 사람은 합격시켰습니다.

지식보다 사고의 유연성을 테스트한 것입니다.

항아리에 빠진 아이

항아리를 깨뜨려 물을 쏟아야 합니다.

머리칼이 없는 중을 상대로 참빗을 팔 수 있을까?

머리 긁는 용도로 한 개를 팔았습니다.

빗을 문에 걸어두고, 단정하게 빗게 해 예불을 드리도록 해서, 세 개를 팔았습니다.

빗에 적선(積善)이라는 글자를 새겨, 신자들에게 나누어주어, 1,000개를 팔았습니다.

야구장에서

시합 막간에 부산 갈매기나 비 내리는 호남선을 부르면, 치어걸은 해고당할 것입니다.

장님과 귀머거리의 대화

오직 하나, 불 끄는 것입니다.

자랑

나는 얼굴로 안타를 친다.

나는 머리로 홈런을 친다.

듣고 있던 어린이의 깜찍한 거짓말, 울 엄마는 세 개인데.

할아버지 이야기

부처님이 꿀밤을 주려고, 손가락으로 둥글게 원을 만들자, 예수님이 두 손 모아 빌었습니다.

서울대에 가려면

전철 2호선을 타야 합니다.

침대

누구나 침대에서 죽습니다. 그러니 침대는 가장 위험한 물건입니다.

골프(자연)를 즐기세요. 침대를 즐기면 죽게 됩니다.

골프(Golf)

G는 Green (초원)
O는 Oxygen (산소)
L은 Light (햇빛)
F는 Footing (걷기)

볼프(Bolf) 일명 Bed golf

B는 Bed (침대)
O는 Orgasm (절정)
L은 Love (사랑)
F는 Fever (열정)

여기는 등대다.

군함 정면에서 불빛이 보였습니다.

그래서 함장이 신호를 보냈습니다. 서쪽 방향으로 10도 돌려라!

상대방, 당신이 돌려라!

나는 함장이다. 즉시 방향을 돌려라!

상대방, 나는 해군 졸병이다. 그쪽에서 방향을 돌려라!

함장, 이 배는 전함이다. 진로를 바꿀 수 없다!

상대도 지지 않고,

여기는 등대다. 당신 꼴리는 대로 해라!

발상의 전환이 좋은 것만 아닙니다.

어이 학생! 이 전철 기름으로 가는 것이 맞제?

길음역이라고 말씀드려야 하는데, '아니요, 전기로 가요'

할아버지는 허겁지겁 내리셨다. 아! 막차였는데,

남편이 바람을 피우면

프랑스 부인은 남편의 정부를 죽인다.

이탈리아 부인은 남편을 죽인다.

스페인 부인은 둘 다 죽인다.

독일 부인은 자살한다.

그리스 부인은 수도원으로 들어간다.

멕시코 부인은 남편의 친구와 사귄다.

오만 부인은 남편에게 딴 여자를 소개한다.

스웨덴 부인은 남편과 이혼한다.

영국 부인은 모른 척한다.

미국 부인은 변호사와 상의한다.

호주 부인은 오지에 배낭여행을 한다.

러시아 부인은 우크라이나에 이민 신청을 한다.

브라질 부인은 삼바 춤 교습소에 수강신청을 한다.

일본 부인은 남편의 정부를 만나 사정한다.

중국 부인은 남편과 같이 바람 핀다

한국 부인은 광화문으로 간다.

적군 대장 생포 작전

심리장교가 여군포로 조사를 마치고, 작전참모에게 보고했다.

안 됐지만 감옥에 있는 탈영병 하나를 모질게 고문해서, 포로에게 신음하는 장면을 보여줍시다. 그래서 대장에게 구해달라는 편지를 쓰도록 하면 좋겠습니다.

이에 여군 포로는 자신의 은밀한 곳에서 털을 뽑아 편지에 넣었다.

아쭈! 이년 봐라. 포로 주제에 남자가 그리운가 보지!

편지는 적군 대장에게 배달되었다.

거기에서 밥풀로 붙인 털이 나왔다.

이게 뭐야! 음모(陰毛)쟌아. 나쁜 놈들!

컨닝하는 학생

시험 감독은, 힐끔 힐끔 쳐다보는 수상한 행동을 보고, 컨닝하는 학생을 잡아냅니다.

그러니 유리창에 비친 자신의 모습을 주의하시라!

은사 두 분들의 출제방식은 사뭇 달랐습니다.

우리나라 고대 상고사 체계를 완성한, 국사학의 태두 이병도 박사의 시험 시간에

'시험감독관'이라는 명찰을 인형에 꽂아두고, 운동장에서 공을 차는 조교가 있었습니다.

그는 감독 소홀로 견책을 받았습니다만, 다음과 같은 항변으로 무사했습니다.

이병도 박사는 " 왜구가 도래해서 만들었다는, 가야임나일본부의 허구성을 입증하라"같은 주관적인 문제만 출제합니다.

고대 상고사 강의를, 성실하게 들은 학생만이 쓸 수 있는 답입니다.

서울대 사대에 계시다가, 숙명여대 학장으로 가신, 심리학의 거성 윤태림 박사는, 객관식인 문제를 출제합니다.

감독관은 무료한지 천천히 왔다 갔다 합니다. 그러니 학생들은 안심하고 커닝을 합니다.

감독관은, 답안지 상단에 있는 학번을 적습니다.

강의에 소홀한 학생들은 눈동자를 바삐 굴렸지만 모두 D학점이 받았습니다.

감독을 소홀히 했다는 징계를 받았으나 취소가 되었습니다.

선생님은 그런 학생들에게 D 학점을 주어, 최소한 유급은 막아주었습니다.

부연하여

최초로 명예 제도 (Honour System)를 도입한 곳은, 명예에 살고 명예에 죽는다는 육군사관학교입니다.

학교에서는 시험을 자율에 맡깁니다.

사관생도는 체면을 중요시합니다. 그러나 동료들 눈총 때문에, 컨닝을 못합니다.

수도승 린포체

거지생활 7년에, 체면을 버리는 것이 가장 힘들었다.

현명한 아가씨

어떤 사업가가 유대인에게서 자금을 빌렸습니다. 그리고 기한 내에 갚지 못하면 어떤 요구도 들어주겠다는 약정을 했습니다.

사업이 여의 칠 않아 빌린 돈을 제 때 갚지 못하자.

유대인은 당신의 딸을 주시오.

말도 안 되는 소리요, 그것만은 들어줄 수 없소!

상대가 단호하게 나오자. 유대인은 잠시 생각하더니,

돈을 빌미로 남의 귀한 딸을 뺏으면 주위의 비난은 면치 못할 것.

좋소! 그럼 아가씨 결정에 따르도록 합시다.

어떻게 말이오?

흰 돌과 검은 돌을 상자에 넣습니다.

따님이 꺼낸 돌이 흰 돌이면 어떤 요구도 하지 않겠소! 그러나 검은 돌이 나오면 약정대로 하는 겁니다.

어떤 경우나 손해 볼 유태인이 아니다. 이건 분명히 야로야!

이런 사실을 가족들에게 털어놓았습니다.

다음 날 사람들이 모인 자리에서, 아가씨는 상자에서 돌을 집어 멀리 던졌습니다.

상자에 남아있는 돌이 무슨 색인지 살펴보시면, 제가 꺼낸 돌을 알 수 있습니다.

유대인은 어쩔 수 없이 상자를 열었는데 검은 돌이 나왔습니다.

아가씨가 소리쳤습니다. 제가 꺼낸 돌은 흰 돌입니다.

교활한 유태인은 처음부터 검은 돌만 넣어둔 것입니다.

방랑시인 김삿갓

금강산 시회(詩會)에서 한 무리 선비들이 술판을 벌이고 있었는데, 남루한 선비가 술 한 잔 얻어 마실 요량으로 말석에 좌정했다.

몇 순배 돌아도 시상이 떠오르지 않아, 낑낑대고 있는 선비들에게

"지나가는 과객이요. 술값 대신에 시 한 수 읊을 테니 누구 좀 받아쓰시오."

소나무와 잣나무 그리고 바위라는 글자를 두 자씩 쓰시오.

산이라는 글자와 물이라는 글자를 두 자씩 쓰시오.

이곳저곳 하는 글자를 두자씩 쓰시오.

마지막으로 기이하다고 쓰시오.

松 松 柏 柏 岩 岩 廻
山 山 水 水 處 處 奇

아무리 박학강기(博學强記)한 허주라도, 금강산 절경을 이렇게 표현한 시는, 들어보지 못했다.

금강산을 보기 전에는 천하의 산수를 논하지 마라.

하느님께서 천지 창조하신 6일 중에서 마지막 하루는 금강산을 만드는데 보내셨을 것이다.

스웨덴 국왕 아돌프 구스타프 경주 서봉총 발굴을 끝내고 금강산에 올라 –

여기서 허름한 선비는 김삿갓이었다.

김삿갓 풍자(諷刺) 시

아낙이 설거지물을 담장 밖으로 뿌린다는 게 그만, 지나가던 '김삿갓'이 물벼락을 맞았다.

사과해야 마땅하지만 미안하게 되었다는 말을 안 하니 그냥 지나칠 '삿갓'이 아니다.

"해. 해."

년(年)자가 2개이니 쌍년(雙年)이다.

요강

네가 있어 밤중에도 번거롭게 사립문 여닫지 않고, 사람과 이웃하여 잠자리 벗이 되었구나.

술 취한 사내도 네 앞에서는 단정히 무릎을 꿇고, 아름다운 여인은 널 끼고 앉아 살며시 속옷을 걷네.

단단한 그 모습은 구리 산의 형국이고, 시원하게 떨어지는 물소리는 비단 폭포를 연상케 하네.

비바람 치는 새벽에 가장 공이 크니, 실로 요강은 한가한 성품을 길러주어 사람을 살찌게 하는구나.

작품

죽장에 삿갓 쓰고
내 삿갓
스스로 탄식하다.
대나무 시
스무나무 아래서
죽 한 그릇
야박한 풍속

가난이 죄다.
개성 사람 강 좌수가 나그네를 내쫓다.
비를 만나 처마에서 자다.
주막에서
스스로 읊다.
고향 생각
나를 돌아보며
시시비비
난고 평생 시

언제 까지나 언제 까지나, 헤어지지 말자고.

알겠다. 그만해라! 장가가면 저절로 까진다.

장인의 일갈

설악산에서

동국여지승람에 대청봉에는 한가위까지 눈이 내리고, 쌓인 눈은 동지를 지나야 비로소 녹는다. 그래서 눈 설(雪)을 붙여 설악산이라고 했다.

설악산은 구석구석이 비경(祕境)이고 전설(傳說)이 주저리주저리 열려있어, 문인 묵객들의 글에 자주 회자 된다.

송강 정철은 관동팔경(關東八景)을 찬(讚)하는 글을 완성하고, 설악산에 올라 소견(所見)을 피력했다.

책상물림이라 하체가 부실했던지

설악(雪嶽)이 아니라 벼락(霹落)이요. 구경(求景)이 아니라 고경(苦景)이구나.

아마도 가장 짧은 기행문일 것이다.

송하선 시인의 '늙어가는 법'

머리에 눈 설(雪)자를 쓰고 서 있는
은빛 갈대에게서 배웠네.

살랑살랑 바람이
살랑살랑 불면
흔들리며
흔들리며

소슬한 바람도
즐기며

즐기며
그저 늙어 갈 수밖에 없다는 것을

눈 덮인 설악산 정상에서

설악산 등반

설악산은 세계 어디에 내놓아도 손색이 없다. 그러나 아쉽게도 명성에 걸 맞는 편의시설과 관광시설이 부족하다.

정부가 설악산은 개발하면 안 된다는 고정관념에 갇혀 있기 때문이다.

공룡능선을 예로 들어보자.

구배가 심하고 굴곡도 많다. 아슬아슬하게 놓여있는 바위도 많다. 그러니 등정에 힘이 들고 시간도 오래 걸린다.

위험 코스에는 계단이나 보행용 테라스가 있는데 일부는 부실하다.

계단이 높아, 오르기에 힘이 든다.

오색은 설악산에 오르는 가장 짧은 코스여서, 많은 사람이 이용한다.

이곳에 설치된 통나무 버팀목 일부는 약해서 제 구실을 못한다.

산이 가파르면 길을 지그재그로 낼 수 있지만, 무리하게 직선으로 낸 것이다.

경치를 조망할 수 있는 곳에는 어김없이, 출입금지 말뚝이 세워져 있다.

이런 곳에 쓰레기통이나 화장실이 없는 것도 문제다.

불편한 곳에 편의시설을 만드는 것은, 자연 훼손이 아니라, 자연 보호다.

에델바이스

Edelweiss Edelweiss, Every morning you greet me, Small and white
Clean and bright, You look happy to meet me

자일을 메고 바위를 오르다보면, 솜다리 꽃이 보입니다. 이럴 때에는 반가운
친구를 만난 듯, 배낭을 내려놓고 잠시 쉬어 갑니다.

에델바이스 액자가 잘 팔이던 시절이 있었습니다.

산행을 기쁘게 해주는 고마운 식물인데, 이렇게 마구 캐가도 되는 겁니까?

설악산 신흥사 주지 스님의 푸념 섞인 말에, 기념품 가게 할머니의 대답은.

설악산에 에델바이스를 심으면 솜다리가 되지 않겠소?

에델바이스라고 해야지, 솜다리라고 하면 누가 삽니까?

설악산 솜다리인지, 알프스 에델바이스인지는 알 필요가 없소.

별 중놈 다 보겠네! 머리에 털이 없다고 속까지 비어있으면 되나?

미친 놈 지껄이던 말 턴, 빨리 하산해서 액자에 넣어야지!

이때 주지스님은 눈을 내려 깔고, 혼잣말로 중얼거리는데,

까마귀 한 마리 보름달 가로 질러도, 세상은 어둡지 않듯이, 풀포기를 하찮게
보는 사람이 있어도, 하찮은 세상은 되지 않는다.

세계는 관광자원 개발에 혈안이 되고 있다.

우리나라는 국토의 80%가 산지이다. 그래서 관광자원의 부가가치를 높일 수 있는 길은, 산에 있다고 해도 과언이 아니다.

케이블카

설악산 중청산장에 이르는 케이블카 설치와 5성급 호텔 건립은 여전히 지지부진하다.

오색 케이블카는 양양군 서면의 한 호텔 인근에서, 설악산 대청봉 부근까지 3.5km를 연결하는 사업이다.

지자체에서 케이블카 설치를 신청했으나, 환경훼손을 이유로 승인받지 못했다.

케이블카는 개발이냐 환경이냐 이분법적으로 접근할 일이 아니다. 경제성과 환경보호를 종합적으로 고려해서, 사안별로 결정해야 한다.

설악산 신흥사 대웅전 수조(水槽)

속초시와 나와의 인연은 알 만한 사람은 다 안다.

김경산 시장은 전에 신세진 것이 있어서 그런지, 단풍이 절정이니 설악산에 한번 다녀가시라고 했다,

동명동 서울집에서 점심을 드는데, 조난사고에는 항상 먼저 나타나는 설악산 털보가 신흥사 주지 스님을 대동하고 시장을 찾아왔다.

명산대찰(名山大刹)이 아니더라도 웬만한 암자에는 수조가 있는데, 중생들에게 물을 주지 못합니다. 절에 온 사람이 맨 처음 찾는 것이 '진리'보다 '시원한 물' 아닌가요? 도와주세요.

목마른 자에게 목을 축이게 하는 것은 '구도(求道)'보다 시급한 일이다.

신흥사 대웅전 앞에 석조(石槽)를 만든다면? 제가 한번 해 보지요.

어디서 그런 만용이 나왔는지!

절에서 '마시는 물'의 요건

첫째 수질은 음용수 기준에 적합해야한다.

둘째 지표수가 유입되지 않아야한다.

셋째 수량이 일정해야한다.

넷째 계절에 관계없이 시원해야한다.

다섯째 산이라 전원이 없으니 졸졸 흘러야 한다.

수원을 찾아

산중이라 자연유하(自然流下)식 사이폰 도수(導水) 방법을 써야한다. 그래서 신흥사보다 높은 곳에서 물을 찾아야 한다.

심마니가 산삼 뒤지듯 꼬박 사흘을 조사했다.

마침내 후미진 계곡에서 단서가 잡혔다. 갈수기라 주위는 온통 말라있는데, 쌓인 낙엽에 질퍽질퍽한 물기가 보였다.

한질 깊이로 파고 한나절을 기다리니, 고인 흙탕물이 침전해서, 맑은 물이 꽤 깊이 고였다. 그래서 호수에 연결을 해보니 물길이 끊어지지 않았다.

동파(凍破)하지 않을 90cm지하로, 1인치 PVC관을 신흥사 경내까지 끌어왔다.

속초시청 건축과 김준환 토목기사의 지원으로 공사를 마무리했다.

석물불사(石物佛事)는 설악동 상인회 이동원 회장이 맡았다.

허주의 돈키호테 같은 만용에 의해, 신흥사의 대웅전 수조가 만들어진 사실을 알고 있는 사람은 별로 없을 것이다.

안녕하세요.

골목길에서 만난
낯선 아이한테서
인사를 받았다
안녕!

기분이 좋아진 나는
하늘에게 구름에게
지나는 바람에게
인사를 했다.
안녕!

문간 밖에서
쭈그리고 앉아있는
순한 개에게도
인사를 했다.
너도 안녕!

나태주, 가슴으로 읽는 동시

길을 모르면 물으면 됩니다,
길을 잃으면 헤매면 그만입니다.
얼마 후에는 제 자리로 돌아오겠지요.

달리다 보면 넘어 질 때도 있습니다.
넘어진 김에 잠시 쉬어가세요.
좀 있다 다시 일어나면 되니까요.

가야할 길이 아니면 되돌아가세요.
실수는 방향을 바르게 잡아줍니다.
앞만 보고 뚜벅뚜벅 걸어가세요.

당신(當身)은 여보(如寶)

인문학 강의 시간이었습니다.

절친한 사람을 모두 적으세요!

가족, 이웃, 친구를 적었습니다.

덜 친한 사람은 지우세요!

이웃을 지웠습니다.

더 지우세요.

망설이다가 친구를 지웠습니다.

더 지우세요.

어쩔 수 없이 부모를 지웠습니다. 그러자 남편과 아이만 남았습니다.

강의실은 일 순 조용해졌습니다.

마지막으로 하나를 지우세요.

어쩔 수 없이 아들을 지웠습니다. 창피한 줄도 모르고 펑 펑 울었습니다.

안정을 찾자, 교수가 물었습니다.

남편이 지우기 어려운 이유는?

모두가 숨죽이고 있는데.

시간이 지나면 부모는 떠날 것이고, 애들도 떠날 것입니다. 하지만 떠나지 않는 것은 남편뿐입니다.

젊어서 아내는 남편에 기대어 살고, 나이가 들면 남편이 아내에게 기대어 삽니다.

그래서 당신(堂身)은 여보(如寶)입니다.

와인버그 전투

독일은 오스트리아와의 전쟁에서, 기아작전(飢餓作戰)으로 나왔다.

3개월이 지났다. 성에는 식량과 물이 떨어져, 공격해도 된다는 첩보가 들어왔다.

독일 사령관의 최후통첩

우리의 적은 오스트리아 위정자이지, 선량한 백성이 아니다. 성 밖으로 나와라. 그래야 살 수 있다. 소지품은 자신의 힘으로 옮길 수 있는 것만 허용한다.

이에 부인들은 자신의 남편을 등에 업고 나왔다.

그리움은 뒤늦은 후회인가?

마르린 몬로

전에는 사람들이 모두가 바라봐주었으면 했지만, 지금은 오직 한 사람만 바라봐주었으면 해요.

이것이 사랑이라고 믿어요.

제크린 오나시스

케네디를 죽도록 사랑했어요. 아직도 마음속에 남아있어요.

더 잘해 주지 못해 미안했어요. 그러면서 개가하냐?

힐러리 클린턴

인생의 절반을 케네디와 함께 했어요.

고통과 분노의 시간도 있었지만, 우리사이에는 튼튼한 끈이 있어요.

그것이 사랑입니다.

샤론 스톤

아름다운 이별은 없습니다. 아름답게 사랑을 나누면 좋은 추억으로 남습니다.

소중한 추억을 남겨준 그이의 사랑에 감사합니다.

잉그리드 버그만

사랑을 해 보지 못한 사람은 모를 거예요.

내가 불륜을 저지르는 게 아니라, 그이를 사랑했다는 것을

오드리 햅번

절망의 늪에서 나를 구해준 것은 사랑이었습니다.

이제는 내가 그이를 사랑할 때입니다.

얼레리 꼴레리

햇살 가득한 대낮인데, 하고 싶어?

꽃처럼 피어난 문자

" 응 "

바람기 많은, 문정희 시인협회장

아들이 걱정스러운 어머니,

예야! 밥이나 먹고 해라!

아들이 대들자

아버지가 아들에게 말했습니다.

어떤 남자가 네가 사랑하는 여자를 울린다면 어떻게 하겠니?

그냥 둬요? 뒤지게 패야죠.

아들아! 엄마 그만 좀 울려라!

어머니는 아버지가 가장 사랑하는 여인이다,

귀농을 꿈꾸는 자들에게

저 푸른 초원위에 그림 같은 집을 짓고, 경치는 좋으나, 먼저 자신을 알아야 한다.

귀농은 도회지 생활을 정리하고, 시골에서 전업농부가 되는 것이다.

그리고 농촌으로 다시 돌아오는 것이 아니라. 미지를 항해하는 모험이다.

현행 농지법상 농업인은, 1000㎡(약 303평) 이상의 논밭에서 농사를 짓는 농부다.

1000㎡ 미만은 귀농이 아니라 귀촌이다. 귀농에 주어지는 각종 지원 대상에서 제외된다.

군자삼락(君子三樂)에 빗대어 농자삼락(農者三樂)이라는 말이 있다. 농사짓는 일을 기쁘게 생각해야 한다.

파격적인 지방단체의 지원도 있다.

벼는 농부의 발자국 소리를 듣고 자란다는 것을, 공유하지 않는 사람은 귀농할 자격이 없다.

시골에서 살 작정이라면, 주민등록만 옮기는 무임승차를 해서는 안 된다.

귀농이 얼마나 어려운 일인지,

서울대학교 농과대학에서 562가구를 조사했는데, 성공적으로 귀농한 사람은 11.8%였다.

1. 귀농여부는 가족과 충분히 상의하라.

반대하는 가족이 있으면, 합의가 될 때까지 설득해서 동의를 구하라. 그래서 혼자 귀농하는 일은 피해야 한다.

역 귀농도 10명 중 1명꼴이니 너무 겁먹지 마라.

2. 주말농장에서 텃밭이라도 가꿔보라.

농사를 지을 수 있을지는 그 다음에 정하라.

3. 자금계획을 철저히 세워라.

농업은 처음 하는 일이고, 예측하기 어렵다. 1~2년은 소득이 없다고 생각하고, 최대한 지출을 줄여라.

4. 가족관계를 원만하게 유지하라.

농촌은 도시 보다, 가족과 보내는 시간이 많다. 따라서 신뢰가 필요하다.

친구, 고 스톱, 연속극이 있어야 하는데, 거기가 적막강산 아니냐?

난 안 갈란다. 이래서 석 달 만에 외기러기가 된 경우가 있다.

5. 실패를 두려워하지 말라.

실패한 경험담도 들어보고, 시행착오도 각오해야, 실패의 두려움을 극복할 수 있다.

6. 귀농준비를 혼자서 감당하지 마라.

귀농 경험자의 말을 들으면, 조언뿐만 아니라 도움을 받을 수 있다.

6, 덜컥 땅부터 사면, 하수 소리를 듣는다.

한 2-3년 임대하라.

어디로 갈 것인가?

잘 아는 고향이 좋을까?

대부분 고향은 피한다. 자신을 숨기고 싶기 때문이다.

환상적인 낙조가 있는 어촌은?

오늘 못 잡으면 내일 잡지! 이런 마인드를 가진 사람은 무방할 것이다.

시골 생활

옆집 아저씨에게 "고추는 언제 심으면 되죠?" 하고 물었더니

시큰둥하게 "남이 심을 때 심어!" 남이 똥 장군 지면 너도 지라는 것이다.

경험 많은 어른들이 심을 때를 눈 여겨 보라는 것이다.

시골 사람들은 책임지는 말을 하지 않는다.

말투가 위아래가 없다. 외모로 봐서 나이가 비슷하면, 그냥 맞먹으려고 든다.

시골 사람들은 농사일 이외는, 아는 것이 없다고 생각했는데, 실제 겪어보니 도시인 뺨친다.

특히 부동산과 관계되는 일은, 그냥 아는 정도가 아니라, 전문가 수준이다.

친해보려고 말을 건네 보면, "왠 놈이? 하며 의아해 한다.

그래도 마음의 문을 열고, 한 발짝 다가가면, 허심탄회하게 다가온다.

마을 공동체

집을 지을 때는 물론이고 땅을 구입할 때, 돼지를 잡아 동네잔치를 벌이는 것도 좋다.

내가 어떻게 돼지를 잡아? 그것쯤은 마을 분들 중에 전문가가 있다.

경조사에는 꼭 참석해야 한다. 유대관계를 넓히는데 도움이 된다.

확성기에서 가수 노래가 나오면, 어떤 어른의 생신이니, 점심 드시러 오라는 하는 것일 수도 있고, 애경사가 있는 날일 수도 있다.

이럴 때는 간단한 선물이라도 가지고 가는 것이 좋다. 박카스 한 상자 소주 몇 병이라도, 겉절이나 오징어 몇 마리가 시골 인심이다.

마을 구성원으로 인정받지 못할 때, 받는 불이익은 당해보지 않은 사람은 잘 모를 것이다.

농사는 품앗이다.

담장을 낮추어라. 아니 아예 없애라.

텃세를 각오하라.

다 좋은데

자식들은?

가까운데 병원은?

우선 겁이 난다.

바보가 바보들에게 -

김수환 추기경

더러운 것이나 썩은 것은, 모두 땅에 버립니다.

그러나 땅은 모든 것을 받아드립니다.

고통 고독 절망까지도 다 받아줍니다.

죽은 후에 가는 곳도 땅입니다.

사람은 땅을 딛고 살지만, 땅의 고마움을 모릅니다.

땅은 더 이상 내려갈 수 없을 만큼, 맨 아래에 있습니다.

땅의 겸손을 배우세요.

전생에 뭐였나?

사람들이 나에게 절을 하는 꿈을 꾸었습니다.

내가 왕이었나? 아니면 왕자?

그러자 하얀 도포를 입은 노인이 나타나,

네가 전생에 무엇인지 아느냐?

지위가 높은 분일 겁니다. 조심스럽게, 혹시 왕자였나요?

멍청한 놈! 차라리 진시황이라고 하지!

너는 전생에 돼지머리였느니라!

안녕!

아이들은 동네 아저씨를 보고, 개 달 보듯 그냥 지나치기 일수였다.

그래서 인사를 했더니, 이상한지 힐끗 쳐다보고 가버린다.

어렸을 적에 좋아하던 밀크 캐러멜이 생각났다. 그 때는 캐러멜 한 개가, 온 종일 행복했다.

그래서 캐러멜을 주면서 인사를 했다. 몇 번을 마주쳐도 인사를 했다.

식상 할까봐 5색 초코 볼도 주었다.

예는 개나리처럼 예쁘니 노란 걸로 주고. 예는 빨간 머리 앤을 닮아, 빨간 것을 주고

한 참 지나니 애들이 먼저 인사를 했다.

이야기를 했는지, 할머니 할아버지도 인사를 했다.

이사 온 사람도, 처음에는 의아해하다가, 인사를 한두 번 받고나더니, 먼저 인사를 했다.

마치 등산길에 마주친 사람들처럼, 안녕하십니까.

꾸준히 반복하니 의식에 변화가 왔다.

승강기는, 먼저 타십시오.

무거운 짐은 들어 주고,

바쁘게 오는 사람은, 천천히 오세요.

엘리베이터에 내리면서, 1층 버튼을 눌러놓고

층간소음

위층에서 소란한 소리가 들렸다. 어른들은 안 계신 모양이다.

그런데 애들 눈에 장난기가 가득 한 것이, 친 조카를 보는 것 같았다.

'미안해' 하고 돌아서는데 바로 쿵쾅거렸다.

그런데 소음이 아니라, 정답게 노는 소리로 들렸다.

프라이드치킨을 들고 찾아갔다.

그날 이후로 줄어든 소음은 자장가처럼 들렸다.

주인이 바뀌었는지, 위층에서 물건 떨어지는 소리, 뛰어다니는 소리, 쿵쾅거리는 소리가 들렸다.

낮에는 그럭저럭 참을 수 있지만, 밤에는 잠을 이룰 수가 없었다.

단단히 주의를 줘야지!

이때 초인종이 울렸다.

귀여운 꼬마가 "포도 맛 좀 보시래요."

아이를 보는 순간, 좋지 않았던 감정이 사라지고, 미안한 마음이 들었다.

그 후로 아이들을 만나면 "오늘은 뭐 하고 놀았어?"

그렇다고 위층에서 나는 소리가, 줄어든 건 아니지만, 어쩐지 불편하지 않았다.

위층이 조용하면 혹시 아픈 건 아닌지

우리 아이들도 저맘때는 많이 쿵쾅거렸지, 아이들은 다 그러면서 크는 거야!

인테리어 공사

위층에 살던 사람이 이사를 갔는지. 수리한다는 글이 승강기에 붙어있었다.

아니나 다를까, 소음이 이만저만이 아니었다. 집을 비우고 찜질방에 가야 할 것 같았다.

치킨 한 상자를 들고 찾아가. 힘드시죠. 아래층 사는 사람입니다. 시끄러워서 못 살겠다는 말은 차마 하지 못하고, 걱정하지 마시고 잘 마무리해 주세요.

인상이 넉넉해 보이는 아주머니가, 새로 이사 왔다면서 이바지를 들고 왔다.

마찬가지였다. 그래도 참아야지

애들 나무라지 마라 당신이 지나온 길이다.

당신도 전에 그런 적이 없었습니까?

앞으로 그런 일이 없으리라, 장담할 수 있습니까?

한 발짝 물러서니 갈등은 어렵지 않게 해소되었다.

마음을 비우니 행복한 이웃이 되었다.

안녕하세요. 언제 들어도 기분 좋은 소리다.

아름다운 세상

어린 아이의 죽음

장례식장에서 문상하고 나오는 길이었습니다.

젊은 부부가 상복을 입고 앉아 있는데, 조문객이 없어 쓸쓸해 보였습니다.

그런데 유치원생 같은 어린 아이의 영정이 보였습니다.

어떤 분이 조용히 들어와, 영정에 분향한 뒤에, 상주에게 말했습니다.

지나다가 아이의 영정을 보았습니다. 가슴이 미어졌습니다. 그래서 명복이라
도 빌어주려고 들어온 것입니다.

이산하 시인의 수필집에서

약간 다른 이야기

졸병은 괴롭습니다.

이등병이 언 손을 녹여 가며, 빨래를 하고 있었습니다.

지나던 소대장이 안쓰러워서,

취사장에서 뜨거운 물이라도 받아서 하지 그래!

소대장의 말 데로 취사장에 갔으나, 고참에게 군기가 빠졌다는 핀잔과 함께
얼차려를 받았습니다.

빨래를 하는데, 중대장이 말했습니다.

그러다가 동상에 걸리겠다. 취사장에 가서 뜨거운 물 좀 얻어서 하라!

그렇게 하겠다고 대답은 했지만, 이번에는 취사장에 가지 않았습니다.

가 봤자 뜨거운 물은 고사하고, 혼 날 것이 뻔하기 때문입니다.

빨래를 하고 있는데, 이번에는 대대장이 지나가다가

신병! 세수를 좀 하게, 취사장에 가서 더운물 좀 가져 와!

그래서 물을 받아왔습니다.

이 물로 언 손을 녹여가며 빨래하게. 그러면 동상은 피할 수 있을 것이야.

소대장과 중대장, 그리고 대대장 모두, 부하를 배려하는 마음은 같지만, 방법이 달랐습니다.

그러나 상대방의 입장에서, 도움을 준 사람은 대대장뿐입니다.

예수님은 오른 손이 하는 일을, 왼손이 모르게 하라.

성철 스님은 수시여전(受施如箭), 시주 받기를 화살 맞는 것처럼 두려워하라고 했습니다.

아름다운 세상

하늘은 파랗게 구름은 하얗게
실바람도 불어와 부풀은 내 마음

나뭇잎 푸르게 강물도 푸르게
아름다운 이곳에 내가 있고 네가 있네

손잡고 가보자 달려보자 저 광야로
우리들 모여서 말해보자 새 희망을

하늘은 파랗게 구름은 하얗게

실바람도 불어와 부풀은 내 마음

우리는 이 땅위에 우리는 태어나고

아름다운 이곳에 자랑스런 이곳에 살리라

레스토랑에서 치킨을 먹고 있는데 아름다운 음악이 나왔다.

"어머! 이게 무슨 곡이래요?"

그러자 남자는 짜증스러운 듯이.

" 뭐긴 뭐야? 닭고기지!"

도반(道伴)이여!

같은 날 같은 하늘 아래서, 같은 공기를 마시며, 같은 길을 가는 그대여!

하늘에서 씨앗을 떨어뜨려, 그 씨앗이 바늘에 꽂힐 확률이 인연이라고 합니다.

만나면 헤어지는 게 인연이지만, 선연이던 악연이던 인연이 있어 내게 온 것입니다.

느닷없이 찾아온 실연처럼, 곁에 오래 머무르며 반짝일 것 같았던 날들도 쉬 저뭅니다.

든 자리는 몰라도 난 자리는 압니다. 인연을 다한 후에야 비로소 그 자리가 커 보입니다.

언제나 그렇듯이 이별은 준비 없이 왔다가, 인연이 되어 우연 속으로 사라집니다.

이별은 오만 가지로 오지만, 슬픔이 가는 곳은 오직 하나,

허전한 마음 둘 곳이 없어 하늘을 올려다보니, 흰 구름만 두둥실 떠갑니다.

떠나간 사람처럼 사랑했던 잔영(殘影)은 길고 짙습니다.

누군가의 부재를 지우기 위해서는, 사랑했던 시간보다 더 많은 밤을 지나야 합니다.

젖어드는 눈가를 훔치고 나면 삶은 조금 헐거워지겠지요.

인(因)은 씨앗이고 연(緣)은 열매입니다.

인연은 잠자리 날개가 바위에 스쳐 그 바위가 눈꽃처럼 하얀 가루
가 될 때, 한 번 찾아오는 것이라고.

인연은 서리처럼 담장을 조용히 넘어오기 때문에, 한 겨울에도 마음의 문
을 활짝 열어 놓아야 한다고,

인연은 필연이고, 숙명입니다. 그래서 오는 인연은 붙잡고 놓지 마세요.

허리피자

가슴피자

어깨피자

주름피자

얼굴피자

팔자피자

형편피자

인생피자

기다림 찻집

구절초 태마공원은 정읍에서 고개 하나 넘으면 바로 나온다. 당나라 소정방이 이 고개를 넘었다고 해서 당고개라고 부른다.

고개 마루에는, 간판도 없는 허름한 찻집이 있었다.

손님이 하루에 두어 명 정도인데도. 항상 문은 열려있다.

장사가 될 것 같지 않는 곳에 차린 이유는?

아주머니가 찻집 이름을 자세히 보라고 한다.

커피 밑에, 아주 작게 "기다림 찻집"이라고 쓰여 있었다.

기다리는 분을 많이 사랑했나 보죠?

중동으로 돈 벌로 간 사람과 여기서 만나기로 했거든요.

얼마나 되었지요?

잘 모르지만 한 30년?

아주머니는 만날 수 있다는 희망에, 고운 자태를 유지하는 것으로 보였다.

면접시험에서

사회적 거리두기운동 때문에 직원을 채용할 때는, 개 별 면접을 보기로 했다.

지원자가 순번대로 기다리는데, 무슨 일인지 30분이 지났는데 아무도 부르지 않았다. 여기저기서 불평 소리가 나왔다. 뭐! 이런 회사가 다 있어?

회사에서는 지원자들이 기다리는 모습을 자세하게 녹화하고 있었다.

그럴만한 이유가 있겠지! 하고 느긋하게 기다리는 지원자가 합격 통보를 받았다.

만남을 위한 기다림은 달콤하다.

하늘에서 얼마를 기다려야, 땅의 매화를 만날 수 있을까? 퇴계 선생은 정인 두향을 매화로 본 것이다.

연락이 끊긴 소녀를 기다렸지만, 만나지 못한 것이 한이었다. 임종을 앞둔 어느 노인

사르트르와 보봐리는 연인으로 산다. 그런데 서로 자기가 먼저 찾아가겠다고 다툰다. 기다리는 것은 마음이 설레인데 말이다.

히말라야에서 벼랑에 빠진 약혼자의 시신을 찾기 위해, 강가에서 하염없이 기다리는 여인 – 안톤 슈낙이 들려주는 이야기

'매화꽃이 피면 오겠다는 그님을 기다리며' 오죽하면 매화에게 피지 말고, 지금처럼 몽우리로만 있으라고. 시인 김용택

조급한 현대인

재대하는 날에. 헤어지기 아쉬워 추억을 남기기로 했다.

사진관에 왔는데, 진품명품에 나올만한 골동품 카메라가 있었다.

이왕이면 오래된 카메라로 찍자.

주인 할아버지 말씀

옛날 카메라라 오래 노출해야 찍혀요! 꼼짝 않고 기다릴 수 있어?

야! 움직이지 마!
입도 움직이면 안 되냐?
그러는 너는 왜 말을 해?

농담을 주고받던 우리는 그 새를 참지 못하고 웃어버렸다.

내가 뭐랬어! 기다리기 어려울 거라고 했지! 핸드폰으로 간단하게 찍는 요즘
사람들은 못 기다려!

3년 째 묘소에서 주인을 기다리는 개에 대한 글을 읽으며, 상념에 젖는다.

꽃밭을 거닐 때에는
가만히 기다려 봐요.
어디 꽃봉오리를 숨겼나?

꽃밭을 거닐 때에는
가만히 기다려 봐요.
꽃이 새 되어 날아갔나?

수줍은 꽃봉오리가
하늘을 두드리니
꽃들이 훨훨 날아가네요.

바쁠 때는 기다려 보라. - 채근담 -

사랑하던 신부 말이 죽자, 낙담한 신랑 말

"할 말이 없네"

친구 말이 위로한다며

"해줄 말이 없네!"

껌 씹고 놀던 암말이 변강쇠 말을 만나

"다른 말은 필요 없네!"

발정 난 암말이 조랑말도 좋다며

"긴 말이 필요 없다니까!"

외박하고 늦게야 돌아온 말이

"무슨 말 부터 해야 할지!"

바람을 피우다 들켜 빼도 박도 못한 말이

"그래도 할 말은 해야지!"

단발머리 소녀

기(氣)를 발산하는 곳이 눈이라면 받아들이는 곳은 머리칼이다.

이런 가정(假定)이 사실과 일치하는지, 버스를 기다리는 여고생 하나를 정해서 뚫어지게 쳐다보았다.

그러자 부지부식 중에 학생의 손이 머리칼로 올라갔다. 다음 학생도 마찬가지였다.

감수성이 예민한 소녀들은 머리를 자주 만진다,

이것은 안테나를 최적의 주파수로 맞추는 노력이다.

일제감정기에는 딴 생각을 품지 못하게 단발령을 내렸다.

수능이 끝나면, 여고생들은 헤어스타일부터 바꾼다.

장날 할머니들은 머리 손질하러 미장원에 간다.

모르는 사람이라도 카메라를 들이대면 손이 머리로 올라간다.

군에 입대하려면 머리를 깎는다.

출가하려면 속세와 인연을 단절하기 위해서 삭발(削髮)을 한다.

이것은 안테나 주파수를 조정하기 위한 시도이다.

음악가는 안테나가 길어야 한다. 그래서 베토벤이나 캔이지는 장발이다.

운동경기에서 유별나게 머리칼이 반짝거리는 선수가 좋은 성적을 낸다.

레스링 선수가 장발이라면 말이 안 된다.

이것은 안테나 주파수를 조정하면, 달라지는 것을 나타낸다.

탈모에 관하여

골똘하게 생각하는 것이 싫어 대충대충 생각하면, 머리털이 줄어들어 대머리가 된다.

수학여행을 떠난 딸이나 군대 간 아들 걱정에 밤 잠 설치는 분은, 대머리 아버지가 아니라 쪽진 어머니다.

작가 김수현은 탈모가 진행되는 이덕화에게, 가발을 쓰라고 권했다고 한다. 옆에서 듣고 있던 설운도가 나도

당신의 머리칼은?

털의 웃기는 용도

심리장교가 여군포로의 조사에서 진척이 없자.

감옥에 있는 탈영병 하나를 모질게 고문해서, 신음하는 장면을 보여줍시다.

그리고 대장에게 구해달라는 편지를 쓰게 하면 어떨까요?

이에 여군포로는 자신의 은밀한 곳에서 털을 뽑아 편지에 넣었다.

아쭈! 이년 봐라. 포로 주제에 남자가 그리운가 보지!

편지는 적군 대장에게 배달되었다.

거기에서 밥풀로 붙인 털이 나왔다.

이게 뭐야! 음모(陰毛)쟌아. 나쁜 놈들!

성자(Saint)

형제가 배를 훔치려다 마을사람들에게 붙잡혔다.

그래서 이들을 죽이려고 하자 촌장이 막아섰다.

"저들의 목숨을 빼앗는 것은 불법이요. 대신에 도둑질했다는 표시를 하면, 어딜 가도 편히 살 수는 없을 것이요. 현명한 주민들이여! 그들이 두고두고 지은 죄를 후회하게 합시다."

주민들은 형제 이마에 ST(Ship Thief) 즉, 배 도둑이라고 새겨 넣었다.

사람들은 게들을 볼 때마다 "저기 ST가 지나간다. 하고 놀려댔다.

형은 이마에 새겨진 글자 때문에 마음 편할 날이 없어, 마을을 떠나 외톨이로 전전하다 행방불명이 되었다.

어디로 간들 내 죄는 용서받을 수 없을 터. 차라리 이곳에 남아 죄과를 달게 받으리라.

동생은 사람들의 비난을 묵묵히 견디며 궂은일을 도맡아 했다.

마을 사람들은 일에 열중하는 그를 칭찬하기에 이르렀다.

한 나그네가 노인의 이마에 새겨진 글자를 보고 누구냐고 물었다.

그이는 마을에서 가장 존경받는 분입니다. 그래서 저분처럼 성실하게 살려고 다를 열심히 일하지요.

이마에 새겨진 글자는 성자(Saint)의 약자 ST였다.

체면을 잃으면 다 잃은 것이다.

티베트의 밀교 수행자 린포체

7년 거지 생활에 체면을 버리는 것이 가장 힘들었다.

우유가 두뇌 발달에 좋다고 해서, 아들에게 드라이 밀크를 먹였습니다.
다음에는 아인슈타인 우유로 바꿨습니다.

친구 아들이 어렵다는 서울대에 합격했다고 합니다.
그러니 셈이 나서 서울 우유로 바꿨습니다.

게임에 빠져있는 아들이 건국대학이라도 가라고
건국 우유로 바꿨습니다.

그래도 불안해서.
한 단계 낮춰 연세 우유로 바꿨습니다.

실력이 모자라 지방대라도 가라고
저지방 우유로 바꿨습니다.

학원에 보내도 성적이 오르지 않자,
재수 시키려고 3. 4 우유로 바꿨습니다.

그런데 학교에 가지 않고 뺑뺑이를 치니,
수업만은 빠지지 말라고 매일우유로 바꿨습니다.

진학을 포기하고 군대에 보냈는데.
군 생활이 힘들 때는 웃으라고 빙그레 우유로 바꿨다.

인생은 짧고 굵게 사는 것
똥이라도 굵게 싸라고 바나나 우유로 바꿨습니다.

서산대사 해탈시

근심 걱정 없는 사람 누구고
출세하기 싫은 사람 누구고
시기 질투 없는 사람 누구고
흉허물 없는 사람 누구고

가난하다 서러워 말고,
아프다고 기죽지 말고
못 배웠다 주눅 들지 마소.
세상살이 거기서 거기라오

줄게 있으면 줘야지.
웅켜 쥔들 뭐하겠소.
남의 것 탐내지 마소.
부질없는 욕심이요.

있고 없음에 편 가르지 말고,
잘났다 못났다 구분하지 마소.
잠시 잠깐 다니러 온 세상
얼기설기 어우러져 사는 거요.

사랑이 아무리 깊어도 산들 바람이요
외로움이 아무리 절절해도 눈보라요.
사연이 아무리 지극해도 봄바람이요.
폭풍이 아무리 거세도 지나면 고요하오.

슬픈 표정 짓는다고 달라지는 게 있소.
기쁜 표정 짓는다고 달라지는 게 있소.

살다보면 기쁜 일도 슬픈 일도 있지만
잠시 대역 연기일 뿐이요.

훤한 낮이 있으면
깜깜한 밤도 있소.
낮과 밤이 바뀐다고
달라지는 게 뭐가 있겠소?

흐르는 세월 붙잡는다고 아니 가겠소.
묶어 둔다고 그냥 있겠소.
잠시 머물다 가는 것인데
내 것이라고 하지마소.

바람처럼 구름처럼 흐르다 보면
멈추기도 하지 않소.
인생 별거 아닙니다.
그렇게 저렇게 사는 겁니다.

서산대사 입적하기 하루 전에 작성한 시

서산대사 말씀

눈 덮인 들판을 걸을 때

함부로 어지럽히지 마라.

오늘 내가 걸어간 발자국은

훗날 뒷사람이 걸어갈 길이다.

나의 애송시

만 리 길 나설 때 처자식 맡기며, 맘 놓고 떠날 그런 사람 그대는 가졌는가.

마음이 외로울 때는, '저 사람 마음이야!' 하고 믿어줄 그런 사람 그대는 가졌는가.

배가 침몰할 위기에도 구명대를 사양하며, '너만은 제발 살아다오' 그런 사람 그대는 가졌는가.

사형장에 끌려가도, 저이만은 살려두라고 외칠 그런 사람 그대는 가졌는가.

세상 떠날 때 '저이가 남아 있으면 됐어! 웃으며 눈감을 그런 사람 그대는 가졌는가.

찬성보다는 '아니야!'하고 머리를 흔들며, 어떤 유혹도 물리칠 그런 사람 그대는 가졌는가.

함석헌

도반(道伴)이여!

벽에 걸어놓은 배낭을 보면
소나무 위에 걸린 구름을 보는 것 같다.

그래서 배낭을 곁에 두고 살면
삶이 새의 길처럼 가벼워진다.

지게 지고 가는 이의 모습이

멀리 노을 진 하늘 속에 무거워도

구름을 배경으로 걸어가는 저 삶이
정말로 아름다움인 줄

중심 저쪽 멀리 걷는 누구도
나의 동행자이며 도반이라는 것을

왜 이렇게 늦게 알게 되었을까
배낭 질 시간이 많이 남지 않은 지금

이정선

I SEOUL U

청룡영화제 시상식에서 장미희가, 손을 흔들면서 "아름다운 밤이에요!" 이 한마디만 하고 내려왔다.

그러자 청중들은 바로 뒤집어졌다.

이게 무슨 시추에이션이야?

말 한마디로 이렇게 감동을 주다니?

시티 슬로건은 도시의 특징을 압축해서 효과를 극대화한 표어다. 그래서 세계 유수의 도시들은 시티 슬로건을 사용한다.

목포는 항구다.

목포를 상징하는 것은 삼학도와 다도해를 오고가는 여객선일 것이다.

목포가 항구라는 것을 모르는 사람이 없는데 "항도 목포"라는 운치 없는 슬로건이 시청에 걸려 있었다.

젊은 시장이 취임하자 "목포는 항구다."로 몇 자를 바꿔놓았다.

같은 말인데 이렇게 다를 수가!

조용필의 노래 부산 갈매기를 좋아하는 부산 시민들에게는, "부산 갈매기 (Sea Mew Pusan)"를 추천한다.

"맑은 공기 영덕" 좋은 슬로건이다.

심수봉의 남자는 배, 여자는 항구처럼 슬로건은 여운이 있어야 한다.

미국의 한 여대생이, 지하철에서 흘러나오는 이브 몽땅의 I love paris를 듣고, I love new york을 뉴욕의 슬로건으로 응모했는데, 만장일치로 채택되었다.

그런데 우리가 자랑하는 서울은 어떤가?

아이 서울 유 I · SEOUL · U

이게 똥이야? 메주야?
딱 봐도 가수 아이유 선전광고네!

관공서에서
야구장에서
빌딩에서

무슨 말인지 모른 채, 몇 년째 중인환시(衆人環視) 요지에 걸려있다.

외국인들에게 홍보하려고 걸어 둔 모양인데, 서울시민도 모른다. 그리고 졸지에 서울 시민을 중우(衆愚)로 만들었다.

의미도 모른 채 그냥 걸어두고, 나 몰라라 하는 전, 현임 시장의 무지와 무신경에 삼가 경의를 표한다.

대책이 서지 않는 사람

1. 복부인을 복이 많은 여자라고 우기는 놈

2. 삼고초려를 삼고 조리고라고 우기는 놈

3. VISA CARD를 보여주고 미국 비자를 받았다고 우기는 놈

4. 파고다공원과 탑골공원은 다르다고 우기는 놈.

5. 광우병을 맥주병이라고 우기는 놈.

6. 아롱사태를 미얀마 사태라고 우기는 놈

7. 안중근 의사를 안과 의사라고 우기는 놈

8, I SEOUL U를 당신이 서울이라고 우기는 놈

소소(素素)한 일상의 행복

세계 오대양에서 운행 중인 선박 대부분은 그리스 재벌 소유입니다. 그중에 오나시스가 운영하는 회사의 선박들이 가장 많습니다.

한진해운과 현대해상 등 국내 유수의 화물 운송업체들은 그리스 선주들에게 용선료를 내고 배를 빌려 씁니다.

억만장자 오나시스(1906~1975)는 가수 마리아 칼라스를 좋아해서, 그녀와 살면 행복하리라 생각하고 결혼했습니다.

그러나 그녀는 주부로서의 자질이 크게 미흡했습니다. 그래서 얼마 안가 이혼했습니다.

오나시스는 케네디 아내였던 재클린 여사에게 반해, 그녀와 함께 살면 행복할 줄 알았습니다. 그래서 세상을 떠들썩하게 결혼식을 올렸습니다.

재클린은 한 달에 24억 원이나 되는 돈을 물 쓰듯 펑펑 쓰고 다녔습니다.

그래서 결혼 한지 얼마 안 가서 파혼할 길이 없을까?' 고민했습니다.

그녀는 엄청난 위자료를 요구했습니다. 법적으로는 상대방에게 재산의 절반을 줘야 합니다.

오나시스는 혈압이 위험수위까지 오르고, 아들마저 비행기 사고로 죽었습니다.

그래도 재클린은 끝까지 이혼에 합의해 주지 않았습니다.

오나시스는 하나님께서 주신 축복을 쓰레기처럼 던져버렸다면서, 괴로워하다가 죽고 말았습니다.

엄청난 유산은 고스란히 그녀 차지가 되었습니다.

아름다운 외모나 사회적인 명성도 좋지만 그저 살림 잘하고 식구들을 알뜰히 보살피는 여자가 최고입니다.

재클린 여사의 뒤늦은 후회

케네디를 죽도록 사랑했습니다. 더 잘해 주지 못해 미안했어요. 그이는 아직도 내 마음속에 남아있어요.

황칠나무

황칠은 덴드로 파녹스, 그리스어로 만병통치라는 뜻이다. 왜 그럴까?

하기야 비둘기 똥으로 대머리 치료제를 만드는 사람들이다.

한국에서는 성질이 맵고 독해서 구충(驅蟲)과 낙태(落胎)에 사용한다.

옻을 칠하면 처음에는 검은 색이 나나, 시간이 지날수록 갈색으로 변해 은은한 멋을 풍긴다.

칠하다. 먹칠하다. 분칠한다는 옻칠의 "칠(漆)"에서 유리한 말이다.

확인해야 직성이 풀리는 내가 아닌가? 그래서 정택원 형과 함께 해남 땅끝마을에서 카페리를 타고 보길도로 갔다.

전남 대학교 농업생명과학대학 보길도 연습림에서는, 야생 황칠나무 씨앗을 발아 시켜, 농가에 보급하는 사업을 시행하고 있었다.

옻칠의 장점

공주에서 백제 무령왕릉을 발굴(發掘)할 때, 시신을 둘러싼 관이 전혀 썩지 않았다. 판재에 황칠(黃漆)한 것이다.

관을 장식하는 무늬는, 불꽃형태의 화염문(火炎紋)과 당초문(唐草紋)이 잘 조화를 이루고 있었다.

발굴당시 메탈 러스터(金屬光澤)를 띈 황금색이 찬란하게 빛나고 있어. 흡사 신라금관을 보는 것 같았다.

천년 세월을 지하에 묻혔는데도, 찬란한 문양이 그대로여서, 황칠은 만년을 간다는 말에 실감이 났다.

칠의 용도

금속 표면은 법랑(琺瑯, Vitreous enamel)으로, 직물은 나염(捺染)으로, 목제는 옻 칠로 표면을 아름답게 만든다.

옻칠은 제기(祭器), 공예품, 가구 등에 많이 사용한다.

요즘에는 라이터, 만년필에서 부터 핵잠수함, 전투기, 해저 광케이블, 자동 차, 조선(배) 등 폭 넓게 사용된다.

옛날에 칠기는 궁중에서만 사용했다.

일본이나 중국의 옻은 열대수목인 카슈 트리에서 채집한 수액이다. 옻칠과 흡사한 색을 낸다.

카슈는 옻칠 대용으로 개발을 한 것인데, 독성 때문에 일본에서는 식기류에 쓰지 않는다.

이런 카슈가 옻칠로 둔갑해서, 남대문등 고 미술품 보수에 쓰인다니.
전남대 연습림 책임자와의 대화

혹시 중앙에서 나오신 분은 아닙니까?

아니에요.

현대미술 거장인 데이미언 허스트에게 1억9000만원에 팔았던, 황삼용 작가 의 일화가 생각나서, 칠의 본고장인 완도 보길도에 온 것입니다.

농촌이라 숙박업소가 없습니다. 곧 어두워질 것이니. 저희 집에서 유숙하시
죠.

감사합니다.

저는 서울대 농대를 나와, 대학교 연습림에서 황칠나무나 기르는 농부입니
다.

서울대 농대를 나온 제 친구 홍기용은, 필리핀 마닐라 대학에서 박사학위를
받고, 건국대 교수로 있습니다. 부인도 영문학 교수입니다.

제 여동생도 서울대 농대를 나왔고, 남편은 농대에서 학생회장을 했습니다.

밥이 하늘이었던 시절, 농대를 나온 분들의 노력이 있어, 조국은 여물어갑니
다.

대 선배이군요,

그때 부인이 옻닭 백숙을 가지고 왔다.

앉으세요.

아닙니다. 저도 농대를 나온 촌부입니다.

아! 캠퍼스 커플이군요. 그런데 옷은 옮은다고 하는데 어떻게 하지요?

비방이 있습니다. 가재나 칠게 즙을 마시고 피부에 바르면 됩니다.

고맙게도 황칠나무 묘목을 선물 받았다.

옻나무는 후박 동백처럼 아열대성 수종이라, 따뜻한 유리창 아래에 심었는데, 잘 자라지 않았다.

P.S

국립중앙박물관에서 '아시아를 칠하다.' 전시회 출품작 중에, 미안마 옻칠 가구가 가장 인기가 많았다.

경주 기행

나는 한 곳에 가만히 있지 못하는 무드셀라 증후군이 생겼는지, 역마살(役馬煞)이 끼었는지, 천하를 주유(周遊)해야 직성이 풀린다.

마음은 풍경이고 보행은 바람이다. 느리게 걸으면 풍경이 남고 빠르게 걸으면 풍경이 사라진다.

아리스토텔레스는 길거리를 돌아다니며 제자들을 가르쳤다고 한다.

그의 공부비결은 느리게 걷는 것이다. 그래서 이를 소요학파(逍遙學派)라고 불렀다.

우리 일행은 소요학파처럼 산천경계를 구경하면서 만만디하게 여행하기로 했다.

발길이 경주에 닿았다. 석굴암이다.

세계적인 보물 반열에 석굴암 불상이 들어갈까?

지구가 멸망을 하면 외계로 피신해야할 보물로, 어떤 고미술 사학자는 다음 세 가지를 들었다.

실론의 불치사리(佛齒捨離)

석굴암 본존불상

미케란젤로의 다비드상(David)

석굴암 불상이 포함된 것에는, 우리가 모르는 비밀이 있을 것이다. 그래서 그 사가(史家)에게 문의를 했더니

석굴암 불상은 1: 2 :3: 4의 비율이다.

얼굴 너비가 2.2자(1자는 약 30cm), 가슴 폭은 4.4자, 어깨 폭은 6.6자, 양 무릎의 너비는 8.8자

정사각형과 대각선, 정삼각형과 수평선, 원에 내접하는 정 6각형의 사용 등 수학적 기법으로 만들어진 구조다.

경주 힐튼호텔에서 1박을 했다. 거기서 얻은 것은 '가족의 정'이었다.

전원화가가 꿈이었던 김우중 회장 아들 선재는, 미국 유학 중에 교통사고로 사망했다. 그때 나이 24세

사랑하던 아들을 위해 경주호텔에 선재 아트센터와 선재미술관을 지었다.

경주에서 고개를 넘으면 바로 감포 바다다.

감은사(感恩寺)는 문무왕이 세운 절이다. 그런데 절터만 외롭게 남아있다

감은사지 3층 석탑 앞에서

아무리 높이 솟아도 홀로 선 돌을 탑이라 하지 않는다. 인생의 연륜처럼 셋에서, 다섯이 받쳐 높아질 때 탑이다.

이정란의 시 '돌탑,'에서

해변에서 그리 멀지않은 곳에 암초 해중왕릉(海中王陵)이 있다.

신라 문무왕은, 자신의 시신을 바다에 수장해서라도. 왜구의 침략을 막으려고 했다.

옛날에는 바닷물이 해중왕릉에서 감은사 경내까지 들어와, 문무왕의 혼백이 왕래하도록 했다고 한다.

객이 떠난 바닷가에 싸늘한 불빛이 보였다. 포장마차다.

아무거나 한 접시 내 오소! 석양 낙조와 바다 냄새가 안주 아닙니꺼?

머리에 듬성듬성 성에가 낀 주인

이맘때면 할 일이 없어, 술타령에 놀음으로 시간을 보내는데, 과메기 만드는 일이 생겨서 그나마 다행이요.

늙으막에 저승길 노잣돈 마련하라는 삼신할미의 속마음인가 보오.

갈매기가 족히 한 두름은 가져갔을 거라며 껄껄 웃었다.

그러면서 맛이나 보시라고 과메기 한 바구니를 내왔다.

청어 눈알을 꿰어 말린 것이 과메기, 관목어(貫目魚)다.

사람이 그리워서 오랜 친구처럼 스스럼없이 자기소개를 했다.

포항 수산고등학교를 졸업하고, 감포에서 어촌계장을 삼 년째 하고 있는 김길수입니다.

바다를 거닌 시간은 인생 나이에서 빼준다고 했다.

언어

중국어는 음악적이어서, 사랑을 속삭이는 데 적당하고,

일본어는 자신을 낮추는 표현이 많아. 장사하는 데 그만이고.

한국어는 억양이 높아 싸움하는데 적당하다,

떼거리

한 사람이 말을 하고 아홉 명이 고개를 끄덕이면 일본인

5~6명이 지껄이면서 연신 주위를 살피면 중국인

10명 중에 8~9명이 큰 소리로 떠들면 한국인

쇠고기

일본인은 소를 19등분해서 먹지만, 절반밖에 먹지 못하고,

프랑스인은 소를 25등분해서 먹지만, 60%밖에 먹지 못하고,

한국인은 털만 빼고, 모두 먹는다.

분쟁해결

중국인은 동료들을 불러 떼로 덤비고,

일본인은 돈으로 해결하려들고,

미국인은 대사관에 쪼르르 달려가고,

한국인은 어떻게든 혼자 해결하려고 한다.

정치인

중국인에게 정치인은, 진정으로 국가를 위한 지도자

일본인에게 정치인은, 자신에게 이득이 될 때만 정치인

한국인에게 정치인은, 몰려다니며 짖어대는 개 같은 존재

술버릇

프랑스인이 취하면 춤을 추고

독일인이 취하면, 노래 부르고,

이탈리아인이 취하면, 자기 자랑 늘어놓고

미국인이 취하면 시키지 않은데도 연설을 하고,

러시아인이 취하면 계속 더 마시자고 소리 치고,

영국인은 술보다 안주를 더 많이 먹고

한국인은 술값을 자기가 내겠다고 싸움하다 2차 간다.

식성

일본인은 바다 속에 있는 것 중에 잠수함만 빼고 다 먹고,

중국인은 다리 달린 것 중에 의자만 빼고 다 먹고,

한국인은 정력에 좋다면 뭐든지 다 먹는다.

남는 것

중국인이 거쳐 가면 음식이 남고,

영국인이 거쳐 가면 양복이 남고,

미국인이 거쳐 가면 깜둥이가 남고,

프랑스인이 거쳐 가면 사생아가 남고,

일본인이 거쳐 가면 상표가 남고,

한국인이 거쳐 가면 화투 담요가 남는다.

셋이 모이면

미국 사람들은 줄을 서고,

이스라엘 사람들은 정당을 만들고,

일본 사람들은 상사(商社)를 만들고,

한국 사람들은 술집으로 몰려간다.

명사들의 일화

도산 안창호 선생께서 배제학당에 입학할 때였습니다.

선교사 : 평양이 여기서 얼마나 되나?
안창호 : 800리쯤 됩니다.

선교사 : 평양에서 공부하지 왜 서울까지 오냐?
안창호 : 미국은 얼마나 됩니까?

선교사 : 8만리쯤 되지.
안창호 : 배우려고 하는데 800리도 못 옵니까?

밥 호프 (Bob Hope)

밥 호프가 어느 연예기획회사에 지원했는데

면접관 ; 자네가 날 웃기면 합격시켜주겠네.

그래요? 마이크 좀.

여러분에게 알려드립니다.

적임자가 없어서 뽑지 않기로 했습니다. 그만 돌아가시기 바랍니다.

찰리 채플린

채플린 흉내 내기대회에 변장을 하고 참가했는데 겨우 20위를 했습니다.

걸리버 여행기를 쓴 스위프트

하인에게 구두를 닦으라고 하자. " 조금 있으면 더러워질 텐데 굳이 닦을 필요가 있나요?

스위프트 ; 식사를 끝내고 "자 이제 그만 떠나세!"

하인이 ; 아니! 아직 식사를 못 했는데요.

스위프트 ; 좀 있으면 배가 고플 테니, 아침은 안 먹어도 되네.

담배 연기

화가 브람스가 만찬장에서 담배를 피웠다.

어떤 부인 ; 여보세요, 화가 양반!! 숙녀 앞에서 담배를 피우시다니.

브람스 ; 예쁜 천사들이 하늘에서 놀고 있는데 구름이 없어서야 되겠소!

고호의 자화상

"모델 구하기가 힘드시죠?" 가난한 화가를 비웃는 질문에

하나 구했어.

"누구요?"

나는 자화상을 그린다네!

마거릿 대처 영국 수상

홰를 치는 건 수탉일지 몰라도 알을 낳는 건 암탉이다.

여자라고 무시하지 마라.

화가 세배지

초상화가 자신을 닮지 않았다며, 약속한 500달러를 지불하지 않자.

선생님과 닮지 않았다는 서명을, 여기에 해주시겠습니까.

얼마 후 미술관을 찾은 세배지는 기절할 뻔했다.

어떤 도둑놈의 초상화

정치인은 자신의 초상화를 약속한 금액의 열 배를 주고 살 수밖에 없었다.

케네디 대통령

어린 시절, 케네디가 딸기를 오래 동안 쳐다보자,

얘야! 할아버지가 집으라고 할 때 왜 안 집었니?

내 손은 작고 할아버지 손은 크잖아요.

아인슈타인

기차표가 없어졌다는 사실을 늦게 알았다

선생님이 누구인지 잘 압니다. 걱정하지 마세요. 표는 사셨겠지요.

바닥에 엎드려 표를 찾으면서, 내가 어디로 가는지 모르겠단 말이야.

슈바이처

슈바이처 박사가 1등 칸에서 내리리라는 예상과 달리 3등 칸에서 내렸다.

왜 3등 칸을 타고 왔냐고 묻자.

이 열차에는 4등 칸이 없더군요.

엘리자베스 여왕

독일군의 포격으로 성벽이 무너지자.

포격으로 왕실과 국민 사이를 가로막았던 벽이 없어졌군요.

드골 대통령

각하! 친구들은 각하의 정책이 마음에 들어 하지 않습니다.

그래요? 그럼 친구를 바꿔 보세요!

인간의 발명품이 고통이고 고뇌라면, 해독제는 웃음인 파나세아(panacea)

타이타닉호 침몰의 숨겨진 이야기

CQD (Come Quickly, Danger) 'SOS(Save Our Soul)'

대서양의 뉴펀들랜드 해역에서 빙산과 충돌하여 위급한 상황에 처해 있으니 구조를 요청한다.

타이타닉호 조난 신호가 카르파티아호에 포착되었다 그래서 즉시 뱃머리를 돌려 사고현장에 도착해보니 온통 얼음 바다였다.

어둠속에서 구명보트에 있던 승객 711명 전원을 구조했다.

타이타닉 호 부선장은 오랜 침묵 끝에 드디어, 사고 당시의 진상을 공개했습니다.

저는 이등 항해사로 승객의 안전을 책임 진 유일한 생존자입니다.

저는 양심을 걸고 직접 본 사실만 말씀드리겠습니다.

1912년 4월 14일 타이타닉에서 1,514명이 사망했습니다. 그리고 710명이 구조되었습니다.

타이타닉호가 빙산에 충돌했을 때였습니다.

선장은 여자와 아이들을 먼저 하선시키라는 명령을 하달했습니다.

그러나 여성들은 가족과의 이별을 반대하며 같이 남아있기를 원했습니다.

그래서 구명보트에 오르는 여성은 없었습니다.

한 남성이 "어서 보트에 오르세요! 하고 말하자 부인은 차분한 어조로 "당신과 함께라면 모를까 혼자 타지는 않겠어요."

이 부부의 마지막 모습이었습니다.

타아타닉 같은 선박 10척을 만들 수 있는 부자인 에스터 회장은 임신 5개월 된 아내를 가까스로 구명보트에 태웠습니다. 그리고 멀어져가는 보트를 향해 "당신을 하늘처럼 사랑했어요."

마지막 승객을 대피시키면서, 여기 빈자리가 하나 있어요! 어서 오르세요. 하자 에스터 회장은 일언지하에 거절하면서, 사람이라면 최소한의 양심은 있어야지!

그리고 마지막 자리를 아일랜드 여성에게 양보했습니다.

며칠 후에 그의 찢겨진 시신이 떠올랐습니다. 살아남을 수 있는 마지막 기회마저 거절한 것입니다.

목숨을 버려 양심을 지킨 위대한 선택이었습니다.

은행가인 구겐하임 씨는 생명의 위험을 느끼는 순간, 화려한 이브닝드레스로 갈아입고 "죽더라도 신사처럼 죽겠습니다."

아내에게 남긴 쪽지에는 이런 글이 적혀있었습니다

"배 안에는 나의 이기심 때문에 죽은 여성은 없을 것입니다. 나는 짐승 보다 못한 삶을 살 바에야 신사답게 죽겠습니다."

미국 메이시즈(Macy's)백화점 창업자 슈트라우스 회장은 세계에서 2번째 부자입니다.

그는 부인을 설득했지만 구명보트에 태우지는 못했습니다. "당신이 가는 곳이라면 지옥이라도 따라 가겠어요.!"

고령인 슈트라우스 씨에게 "누구도 어르신이 보트를 타는 것을 반대하지 않을 것입니다" 라며 승선을 재촉했지만

"늙은이라고 다른 사람보다 먼저 보트에 타라는 제의는 거절하겠소."

그는 배에 남아 부인을 껴안고 최후를 맞이했습니다.

미국으로 신혼여행을 떠난 리더파스 양은 혼자 살아남는 것을 거부했습니다.

그러자 신랑은 눈을 감으라고 하더니, 갑자기 주먹으로 신부를 기절시켰습니다.

정신이 돌아왔을 때 그녀는 구명보트 안에 누워있었습니다. 신랑을 그리워하며 평생을 혼자 살았다고 합니다.

선미가 물에 가라앉기 시작하자 삶과 죽음의 마지막 순간에 사람들은 서로를 붙잡고 외쳤습니다. '당신을 사랑했어요!'

그리스에 있는 생존자모임에서, 스미스 부인이 자신에게 자리를 양보한 여성을 회고하며

아이들을 구명보트에 태우자, 만석이 되어 내가 앉을 자리가 없었습니다. 이때 한 아주머니가 저를 끌어당기더니, 어서 올라오세요. 아이들은 어머니가 필요해요.

나를 대신에서 내린 천사 같은 여성은 이름을 남기지 않았습니다. 그래서 그녀를 위해 '이름 없는 어머니' 기림비를 세웠습니다.

선장이 각자 알아서 탈출하라고 명령했으나, 전산실에 남아 마지막 까지 'SOS'를 치며 떠나지 않았던, VIP 50인 구조를 책임진 이등 항해사는 임무를 완수하고 배와 함께 생을 마감했습니다.

희생자 중에는 억만장자 언론인 장교 엔지니어 등 저명인사들이 많았습니다.

너도 남자냐?

예외도 있었습니다. 일본국영 철도회사 임원은 여장을 하고 구명보트에 올랐습니다.

생명은 구했지만 이런 사실이 알려지자. 귀국 후에 바로 해고를 당했습니다.

세계 언론들은 "너도 남자냐?"며 공개적으로 비난했습니다. 그는 수치심으로 가득 찬 삶을 자살로 마감했습니다.

Youtube, 사랑과 영혼

최불암 모친이 운영하던 은성주점

옛날에는 막걸리가 서민들의 유일한 낙이었습니다. 안주로는 동태찌개 빈대떡 도토리묵

글 쓰는 사람들은 시상(詩想)이 떠오르지 않는다는 핑계로 주막에 갑니다.

또한 외상 주는 재미에 술집을 찾습니다.

피아니스트 정명훈 부친이 운영하던 목욕탕 부근으로 기억합니다.

최불암 모친이 운영하던 명동의 은성주점은 외상 손님이 많았습니다.

외상술 마시고 다음 날부터 코빼기도 보이지 않자, 외상값을 독촉했다고 합니다.

그래서 외상값 대신에 즉석에서 써 내려간, 박인환의 '세월이 가면'에서는.

지금 그 사람 이름은 잊었지만, 그 눈동자 입술은 내 가슴에 있네!

왜 사는가? 왜 사는가?…외상값 때문에

황인숙이 단 석 줄로 완성한 '삶'이라는 시에서, 외상값 때문에 사는 인생이라고 했습니다.

이외수는 외상값을 갚기 위해 신춘문예에 응모했다가 얼떨결에 당선 되었다고 합니다.

은성의 외상값 장부에 오른 명사들

조지훈
최일남
이순재
변희봉
김중배
이규태
이경식
진 념

은성은 뜨내기에게도 외상을 주고, 천천히 갚아도 될 만큼 인간미가 넘쳐났습니다.

술집 풍경

조용히 들어가서 시끌벅적하게 나오고
혼자 들렸다가 친구 되어 나가고.

풀 죽어 왔다가 살맛나서 나가고
카드 긁고 팁으로 정신 줄 놓고 나가고

추녀가 미녀로 탈바꿈하고.
벙어리가 수다쟁이 되고
술이라는 마당쇠 옆에 안주라는 주모가 있고
추억과 그리움이 쌓이는 곳

Youtube – 영탁 막걸리 한 잔

사투리가 심한 후보의 선거공약

도로를 간통해서 강간단지를 만들겠습니다.

강간이 뭡니까? 관광이지!
간통은 뭡니까? 관통이지!

다른 사투리 후보

이보시게! 애무부장관. 애무나 잘 하시지!

억울하면 여자로 태어나라.

여자가 남자를 때리면 "용감하다"

남자가 여자를 때리면 "짐승 새끼"

여자가 남자에게 기습 키스하면 "로망스"

남자가 여자에게 기습 키스하면 "변태 새끼"

여자가 남자화장실에 들어가면 "실수"

남자가 여자화장실에 들어가면 "변태"

여자가 힘들게 일하면 " 좀 봐 주세요"

남자가 힘들게 일하면 " 힘 좀 써 봐!"

여자가 남자를 쳐다보면 "유혹"

남자가 여자를 쳐다보면 " 성추행"

여자가 더치페이 하자면 "바람직한 여성"

남자가 더치페이하자면 "쪼잔한 놈"

여자가 남자 거시기를 만지면

경찰 왈 " 뭐 그런 걸 가지고"

남자가 여자 거시기 만지면

경찰 왈 "뭐 이런 씹새가 있어?"

남자가 군대 가면 "당연한 거고"

여자가 군대 가면 " 용감한 거야"

여자가 울면 "마음에 상처가 큰가보지"

남자가 울면 "병신 새끼"

여자가 돈을 못 벌면 "집안 일이 더 힘들어서"

남자가 돈을 못 벌면 "나가서 돈 좀 벌어와!"

여자가 밤일 못하면 "순진"

남자가 밤일 못하면 "병원에 가 봐!"

여자가 밥 조금 먹으면 "다이어트"

남자가 밥 조금 먹으면 "그거 먹고 제대로 일 하겠어"

여자가 방귀 끼면 "실수"

남자가 방귀 끼면 "저런 매너 없는 새끼"

어느 선술집에 걸려있는 글

친구야! 자식도 어릴 때가 좋고
마누라도 배꼽 밑이 즐거울 때가 좋고
형제간도 어릴 때가 좋고
친구도 형편이 같을 때가 좋은 법이다.

돈만 요망지게 알아도 한 세상
모자란 듯 살아도 손해 볼 것 없는 인생
믿고 사는 세상에 살고 싶으면
속이지 않고 속을 줄도 알아야 된다.

집이 천 칸이라도 잠 잘 때는 여덟 자이고
전답이 만 평이어도 하루 쌀 두 홉이면
살아가는데 지장이 없느니라.

멀리 있는 친구보다
당장에 내 말 들어줄 수 있는
친구가 진정한 친구 아니겠느냐?
오늘은 막걸리나 한잔 하세!

커피 사랑

동서식품이 맥스웰 하우스 커피와 손잡고 커피사업을 시작할 때, 먹고 살기 힘 든 세상에 누가 쓰니 쓴 커피를 마셔? 망할 줄 알았는데 그게 아니었다.

커피의 본능

물에 당근을 넣고 끓이면, 단단한 당근은 부드러워진다.

물에 달걀을 넣고 끓이면, 연한 달걀은 단단해진다.

하지만 물에 커피를 넣고 끓이면, 커피는 변하지 않고. 오히려 향기를 풍긴다.

누구세요?

얄밉다가도 노을 녘엔
살짝 그리워지는
애증의 신비한 벗, 커피라오.

절대 고독의 시인 김현승(1913~1975)은 커피를 사발로 마셨다. 그만큼 커피를 사랑했다.

그는 커피를 마시는 동안에 '절대 고독'을 응시하면서 권태와 번뇌에서 벗어나려고 했다.

그래서 자신의 호마저 '다형(茶兄)'이라고 지었다.

레스토랑에서

어이! 저기! 커피 한잔! 하면 7000원

커피 한잔 주시겠어요, 하면 6000원

안녕! 우리 같이 마셔요! 하면 5000원

커피 선행

다섯 잔을 주문하세요?

세 잔은 맡겨 놀 테니 누군가 찾으시면 드리세요.

맡겨 논 커피 없어요? 어느 분이 물었다.

Talleyrand 커피 예찬

커피의 본능은 유혹이다.

악마 같이 검고,
지옥 같이 뜨겁고,
천사같이 순수하고.

와인같이 향이 나고
키스 같이 황홀하고.
사랑처럼 달콤하고.

외로움에 젖어들 때 살짝 그리워지는 커피.

갓난아기는 울어도 눈물이 없는 까닭? - 세상 물정을 몰라서

발바닥 가죽이 두꺼운 까닭? - 인생은 가시밭길이라

노처녀가 가장 억울할 때는? - 과부가 될 팔자라는 점쟁이 말

갑돌이와 갑순이가 결혼 못한 이유? - 동성동본이니까

도둑이 정문으로 들어가는 건물? - 교도소

세월을 속이는 약? - 머리 염색약

염치가 없는 도둑? - CCTV 도둑

뒷걸음질 잘해야 이기는 경기? - 줄다리기

깨뜨리고 칭찬 받는 것은? - 신기록

얼굴이 못생긴 여자가 좋아하는 말? - 마음이 고와야 여자지!

아몬드가 빛나면 - 다이아몬드

아이 낳다 죽은 여자 - 다이애나

쓰레기통에 뚜껑은 달려 있는 이유 - 먼지 들어갈까 봐

나폴레옹이 알프스 산맥을 넘은 이유 - 터널이 없어서

정원이 50인 배가 가라앉았다 - 잠수함

콜라에 마요네즈를 섞으면 - 버려야 한다.

만두장수가 가장 듣기 싫은 소리 - 아이고 속 터져.

선지자 나스레딘 (Nasredin)

아라비아 상인이 유산으로 낙타 17마리를 남겼다.

첫째 아들은 17마리의 반을
둘째 아들은 1/3을
셋째 아들은 1/9을

계산이 딱 떨어지지 않자
지나가던 노인이 낙타 한 마리를 내놓았다.
그래서 낙타는 18마리가 되었다.

첫째에게는 1/2인 9마리를
둘째는 1/3인 6마리를
셋째는 1/9인 2마리를

원래 배당받은 낙타보다 더 많아 좋아했는데
이상하게도 한마리가 남았다.

노인은 잠시 빌려 준 것이라며, 한 마리를 가져갔다.

선지자는 모두 행복해 질수 있는 길을 제시한 것이다.

돌팔이 경제학

돈이 부적(符籍)이라면, 개 풀 뜯어먹는 소리라고 하겠지만, 돈이 있으면 부러울 게 없다.

신용카드는 빚이 남지만, 현금은 믿을만한 부적이다. 그래서 귀신보다 더 무서운 게 돈이다.

용어의 해석

모라토리움 ; 잠깐만,

디 폴트 ; 배 째라.

인플레이션이란?

전에는 당신의 몸매가 36-24-36이었는데 지금은 48-40-48로, 몸은 전보다 커졌지만 가치는 떨어졌다.

불경기란?

아가씨와 와인을 마시면 호경기, 아내와 막걸리를 마시면 불경기

비트 코인에 투자하면?

카드를 쓰면 추적당한다. 그러니 암호 화폐가 지하경제에 주로 사용된다.

돈의 가치 착시 현상

설렁탕 한 그릇이 7000원과 설렁탕 1년 치가 20만원, 같은 금액인데 다르게 느껴진다.

구찌 핸드백이 100만원이라고 하면. 눈에 차지 않지. 백화점에서 300만원 이라고 하면. 200만 원 짜리 핸드백을 든 여성은 가던 길을 멈춘다.

100달러짜리 티셔츠, 200달러 가격표 옆에 50퍼센트 세일!' 이란 문구를 넣으면 눈길이 간다.

김삿갓 돈의 정의

돈은 천하를 주유하며 환대를 받는다.

나라를 흥하게 하고 집안도 흥하게 한다.

가난이 죄라지만, 부자나 빈자나 같은 종자다. 그러니 누구나 부자가 될 수 있다.

주머니 속에 숨어 있어 있어라 일렀건만, 주막이 보이니 어찌 그냥 지나칠 수 있으랴.

돈 때문에 얼마나 많은 사람들이 백발이 되었는고!

웃는 게 남는 장사라고 했다.

1. 십 원 동전이 요강에 빠졌을 때 ☞ 수수방관

2. 오백 원 동전이 요강에 빠졌을 때 ☞ 본채만채

3. 천 원짜리 지폐가 요강에 빠졌을 때 ☞ 우왕좌왕

4. 오천 원짜리 지폐가 우물에 빠졌을 때 ☞ 안절부절

5. 만 원짜리 지폐가 우물에 빠졌을 때 ☞ 이판사판

6. 오만 원짜리 지폐가 우물에 빠졌을 때 ☞ 입수준비

7. 십만 원짜리 수표가 강에 빠졌을 때 ☞ 바로 뛰어 든다

8. 백만 원짜리 수표가 강에 빠졌을 때 ☞ 사생결단

프란치스코 교황

돈을 숭배하면 돈이 사람을 선택하니, 사람은 돈의 노예가 된다. 그래서 돈은 악마의 배설물(the evil's dung)이다.

아줌마라고 부르지 마세요.
산들 바람에도 흔들리고
밤 비 소리에 뒤척이는
여린 가슴을 가진 여인이랍니다.

아줌마라고 부르지 마세요
귀뚜라미 우는 밤이면
그리움에 눈가 촉촉이 젖은
외로운 여인이랍니다.

날 저무는 중년을
멋지게 보내고 싶고
립스틱 짙게 칠하는
꽃이고 싶은 여인이랍니다.

한 잔 술에 취해 비틀거리지만
낙엽을 밟으면
바스락거리는 소리에
가슴 앓는 슬픈 여인이랍니다.

부드러운 남자를 보면
아직도 가슴이 울렁거리고,
꽃 잎 같은 입술 달싹이면
코스모스 향기가 휘감는 나이

지는 해가 아쉬워 노을이 되듯
석양이 더 붉은 걸 어찌합니까.
이제는 아줌마라 부르지 마세요.
사랑스런 그대라고 불러주세요.

세상에서 가장 슬픈 배

미국의 소리(VOA) 방송

북한 김정은

"보기만 해도 기분이 나쁜, 너절한 남측 시설을 싹 들어내도록 하라."

이것은 금강산의 해금강호텔을 두고 한 말이다.

방송에는 해금강호텔을 비롯해서, 구룡빌리지, 금강펜션타운, 온정각, 이산가족면회소, 문화회관 등 금강산 관광지구 남측 시설이 보였다.

정부 자료에 의하면

7층으로 된 호텔인데, 객실 160실과 부대시설이 잘 갖추어져있다.

호주 타운즈빌 해안에 떠있는, 세계 최초의 해상호텔이다

호주의 한 사업가가, 1988년 그때 돈 4000만 달러를 들여 싱가포르에서 건조한 선박이다.

산호초 위에서 잠을 잘 수 있는 세계적으로 유일한 호텔이다.

환상적인 풍광과 화려한 시설 때문에 손님들이 많이 찾았다.

그런데 잦은 열대성 폭풍으로 영업을 못할 때가 많아, 투숙객이 줄어들어, 1년을 버티지 못하고 문을 닫았다.

기구한 운명

이 선박은 5000㎞ 떨어진 베트남에 팔려갔다.

그리고 사이공 인근에서 나이트클럽이라는 간판을 걸었다. '사이공 수상 호텔'
베트남전쟁이 끝나자, 관광특수를 타고 명소로 자리 잡는 듯 했으나, 8년을 넘기지 못하고 경쟁에서 낙오되어 문을 닫았다.

그리고 1997년 또 다른 주인에게 넘겨졌다. 바로 한국의 현대그룹이다.

싱가포르에서 태어나, 머나먼 바다를 돌고 돌아, 마침내 정박한 곳이 북한이었다.

김정은으로부터, 북남 해빙에 중요한 역할을 기대하며. 남한 관광객들을 끌어드리라는 명령을 받고. 비로소 제 몫을 하리라 생각했는데. 10년을 못 넘기고 버림을 받은 것이다.

세계 최초의 크루즈 선이라는 해상 호텔로 태어났으나, 온갖 풍상을 겪다가 쓰레기 더미로 세상을 하직할 운명이다.

지금은 거센 파도와 비바람을 맞으며, 처량하게 죽을 날만을 기다리고 있다.

금강산으로 보낼 것이 아니라, 서울에서 2시간 거리인 속초나 강릉 해변에 옮기면?

정동진 앞에서 갈 길을 잃었습니다. 나는 어디로 가야합니까?

Quo Vadis Domine 이렇게 되지는 않았을 것이다.

Youtube 금강산 호텔

시인 박목월(朴木月) – 사랑 이야기

서울대 교수가 제자인 여대생과 사랑에 빠져 밤봇짐을 쌌다.

시인과 19세 소녀간의 세기적인 로맨스는, 당시에 폐쇄된 사회를 들쓰셔놓았다.

어언 10년이 흘렀다.

부인은 남편이 제주도에서 살고 있다는 소식을 듣고 한 걸음에 찾아 갔는데, 옛날 그 제자가 개울에서 빨래를 하고 있었다.

얼마나 고생을 했던지. 가난하게 살아온 흔적이 덕지덕지 붙어있었다.

그래서 자신의 스웨터를 벗어 제자에게 입혀주었다.

행복을 빌어주고 미련 없이 떠나자.

부인을 본 목월은 목이 메었다.

불나비 같은 사랑은 여기서 끝내자. 그리고 제자에게 시를 지어 주었다.

기러기 울어 예는 하늘 구만리
바람이 싸늘 불어 가을은 깊었네
아-아 너도 가고 나도 가야지

한 낮이 끝나면 밤이 오듯이
우리의 사랑도 날이 저물어
아-아 너도 가고 나도 가야지

산천에 눈이 쌓인 어느 날 밤에
촛불을 밝혀 두고 홀로 울리라
아- 아 너도 가고 나도 가야지

문예 평론에서

단원 김홍도 민화(民畵)나, 이중섭의 소(牛)그림, 박수근의 여인과 빨래터 같은
군더더기 없는 삶을 그려낸, 혼의 예술이다.

부연하여

6,25 전쟁이 일어났는데, 아버지는 급한 용무가 있다면서 어디론가 떠나셨다.

인민군 치하에서 한 달이 지났는데도, 아버지는 오지 않았다.

어머니는 외가로 가자고 하셨다. 그래서 남쪽으로 향했다.

평택의 어느 어촌마을에 도착했다.

인심이 흉흉하여 헛간에도 재워 주지 않았다. 그래서 가마니 두 장을 펴고 새
우잠을 잤다.

어머니는 밤이면 이슬이 내릴까봐, 얼굴에 보자기를 씌워 주셨다.

개천에서 새우를 잡아, 담장에서 딴 호박잎으로 죽을 끓였다.

하루는 안집 아줌마가 댁 때문에, 호박이 열리지 않는다며 옮겨달라고 했다.

그날 밤 어머니는 우리들을 껴안고 슬피 우셨다.

다시 서울로 올라가 아버지를 기다리자!

어머니는 신주 단지처럼 여기던 재봉틀을 쌀과 바꾸었다.

그리고 쌀자루를 노끈으로 묶어, 등에 얹어주셨다.

어떤 아저씨가 무겁지! 좀 들어줄게! 그렇게 하기로 했다.

따라오던 어머니가 보이지 않아, 아저씨! 자루를 도로 주세요!

아저씨는 쏜살같이 종적을 감춰버렸다.

한 시간쯤 지났을까, 어머니는 울고 있는 나를 보시더니, 아들이 똑똑해서 어미를 잃지 않았구나! 하시면서 우셨다.

박목월 아들인 서울대학교 박동규 교수의 글에서

방랑시인 김삿갓 송편예찬

손바닥에 굴리고 굴려 새알을 빚더니,
손가락 끝으로 조개 입술 붙이네!
금반 위에 오뚝오뚝 세워 놓으니,

일천 봉우리가 깍은 듯하고
옥 젓가락으로 집어 올리니
하늘에서 반달이 둥글게 떠오르네!

말은 진중(鎭重)하게

음식을 절제하면 다이어트가 되고. 글을 절제하면 시가 됩니다.

그러나 말을 절제하면 인격의 향기는 모락모락 나오고 여운은 오래갑니다.

말을 배우는 데는 2년이 걸리지만 침묵을 배우는 데는 60년이 걸린다고 합니다.

곰은 쓸개 때문에 죽고
사람은 혀 때문에 죽는다.

친구에게서 언짢은 말을 들은 아들이 씩씩거리면서 핸드폰을 들었습니다.

참아야 하는데

예야! 남의 이야기를 하려면 그 친구가 옆에 있다 생각해야지!

그런데 하려는 이야기는 사실이냐?

그 친구도 전해들은 이야기일 겁니다.

좋은 이야기냐?

오히려 그 반대일 걸요.

네게 필요한 이야기냐?

아닙니다.

내용도 모르고, 좋은 이야기도 아니고, 안 들어도 된다면, 그만 잊어버려라!

버럭 화부터 내면 하수

참아도 안 될 때 화를 내면 중간 정도

필요할 때 의도적으로 화를 내면 상수

험담은 세 사람에게 상처를 줍니다.

욕을 먹는 사람
욕을 듣는 사람
험담을 한 자신

못 마땅한 말을 들으면 상대방에게 글을 써서 한 동안 가지고 있다가, 감정이 수그러들 때, 보낼 것인가 버릴 것인가를 결정합니다.

품격의 품(品)은 입 구(口)자 셋으로 만들어집니다. 말은 품격을 재는 잣대입니다.

화살은 심장을 관통하고 말은 영혼을 관통한다. 스페인 격언

딱 걸렸네.

어디서 많이 뵌 거 같아요. 라는 말은, 친해지고 싶어요.

나중에 연락할게 라는 말은, 기다리지 마세요.

잘 있어! 라는 말은, 붙잡아주기 바라오.

괜찮은 사람이야! 라는 말은, 다른 건 별로 야!

필름이 끊겼나봐 라는 말은, 창피하니 그 얘긴 그만 두자.

궁금하세요? 라는 말은, 대답하고 싶지 않아!

잘 지내니? 라는 말은, 보고 싶었다.

좋아 보이네! 라는 말은 나는 행복하지 않아!

뭐 하고 지내? 라는 말은, 아무 것도 안하고 있어

좋은 사람 만났니? 라는 말은, 나는 너밖에 없어!

행복해라! 라는 말은, 다시 내게로 돌아와 주어!

가끔 생각이 나면 연락해! 라는 말은, 전화 기다릴게

왕이 처음 랍비에게 "세상에서 '가장 나쁜 것을 찾아오라고' 하고,

다른 랍비에게는 "세상에서 가장 좋은 것을 가져오라고' 했습니다.

공교롭게도 두 사람이 가지고 온 것은 '혀'였습니다.

코미디언의 유언

나는 죽지 않겠지만 만일 죽는다면, 시신을 해부용으로 기증하겠으니, 하버드 대학으로 보내 주기 바란다.

하버드 대학 학생이 되는 것이, 부모님의 소원이니까요.

I am sorry. ; 나는 소리다

Yes, I can. ; 난 깡통이야!

I am fine, and you? ; 나는 파인주스다.

Love is long. ; 사랑하지롱!

Nice to meet you! ; 너 잘 만났다.

How do you do? ; 네가 어떻게 그럴 수 있니?

See you later! ; 두고 보자!

우크라이나

구소련 후르시쵸프 브레지네프 등이 우크라이나 출신이다.

우크라이나는 문학가 도스토옙스키와 작곡가 차이코프스키를 배출했다.

젤렌스키 대통령은 코메디언 출신으로, 영국수상 '윈스턴 처칠과 희극 배우 '찰리 차프린'에 비견되는 인물이다.

우크라이나는 러시아와 동유럽 국가들 사이의 지정학적 요충지이고, 러시아와 유럽을 잇는 교량 역할을 한다.

우크라이나는 러시아 다음으로 큰 나라다. 한국의 25배다.

국토의 95%가 평지고, 그 중에 67%가 경작 가능하다.

유럽의 '베이커리 바구니'라는 곡창지대가 있다. 세계 3대 식량수출국

인구는 5천2백만, 우크라이나인 80%, 러시아인 20%,

철광석, 망간, 우라늄, 석탄, 천연가스, 원유, 리튬, 니켈, 코발트, 유황, 흑연, 티타늄 등 지하자원이 풍부하다.

티타늄 매장량은 세계에서 25%, 티타늄 망간 수출액은 세계에서 20%

비행기나 로켓의 중요한 재료인 티타늄 광산이 많아, 항공우주 산업이 발달했다. 우주산업은 세계 1위

미국의 반도체 업체들은 네온 가스의 90%를 우크라이나에서, 팔라듐의 35%

를 러시아에서 수입한다.

천연가스

우크라이나는 평지가 많아서, 가스관 설치 운영 관리가 용이하다.

러시아는 유럽에 천연가스 수출을 위해, 우크라이나를 통과하는 가스 공급 라인을 설치했다.

가스관 통과 대가로, 우크라이나는 1/3 가격에 가스를 공급 받는다. 또한 가스 통행료도 받는다.

러시아 천연가스를 제일 많이 사용하는 나라가 독일이다. 그런데 불이익을 감수하고, 독일은 천연가스 수입을 중단했다.

자유진영이 러시아의 우크라이나 침공을 제재할 방법은, 천연가스 유통을 막는 것뿐인데, 수요 때문에 제재하기 어려운 게 현실이다.

지하자원이 풍부하고, 넓은 곡창지대가 있고, 천연가스 공급 라인이 있는, 우크라이나를 침공하는 것은, 러시아 입장에서 보면 극히 당연한 일이다.

푸틴이 우크라이나 침공의 당위성을, SNS에 게재한 글은 500편이 넘는다고 한다.

푸틴은 정말 무서운 놈이다.

러시아 쾌속정은 소말리아 해적 본거지로 밀고 들어갔다,

그때를 기다려 해적들은 일제히 사격했다.

러시아의 우수한 화력과 무차별 공격에, 해적들은 역부족이었다. 그래서 헬기의 기관포 난사로 전멸했다.

이런 사실을 보고받은 푸틴은 "테러와의 협상은 없다" 고 하면서 더욱 강하게 대처하라고 했다.

러시아 정부는 해적들을 이송해, 재판에 넘기려고 했지만, 법적 근거가 미약해서 석방할 수밖에 없었다.

푸틴의 방법은 잔인했다.

해적들을 항법장치가 없는 고무보트에 태워, 본토에서 560km 떨어진, 백상아리가 우글거리는 바다로 이송했다.

구멍을 낸 고무보트에서 1시간쯤 지나자, 라디오 비콘의 신호가 끊겼다. 식인상어의 밥이 된 것이다.

이들을 러시아 본국으로 이송하면, 국민들의 찬사를 받을 것이다.

재판을 거치지 않고 사사로이 처벌하는 것은 국제적으로 논란의 여지가 있다. 그래서 돌아올 수 없는 바다에 방기한 것이다.

이게 알려지자 소말리아 해적들은 러시아 선박을 공격하지 않는다고 한다.

P.S

역사상 최악의 원자력 발전소 폭발 사건은, 우크라이나 체르노빌 발전소에서 일어났다.

가정부는 김태희 뺨치는 미녀다.

007 시리즈 미녀 30%는 우크라이나 출신이다.

Youtube 우크라이나 미녀들

인생이란

현명한 사람에게는 꿈
어리석은 사람에게는 유희
부자에게는 희극
빈자에게는 비극

찰리 차프린

코로나여! 잘 가거라.

남아공화국에서 발생한 오미크론은 델타 변이를 일으켜, 코로나를 일반 감기 비슷하게 만든다. 그래서 코로나를 종식시킬 크리스마스 선물이 될 것이다.

Jp모건은 오미크론 때문에 주가가 옛날 수준으로 회복 될 것이라고 전망했다.

듣던 중 반가운 소리다. 암! 그래야지.

교회에서 코로나 환자가 많이 나왔는데, 절에서는 별로 나오지 않았다. 중은 흰 고무신(백신, Vaccine)을 신으니까.

발 달린 짐승인데 집에만 있으라니, 아이고! 속 터져!

죄를 지은 사람만 바보다.
구치소에서 확진자가 무더기로 나왔다.

늙은 사람만 병신이다.
요양원에서도 무더기로 나왔다.

교회에 가는 사람만 바보다.
어떤 성직자도 걸리지 않는다는 보장이 없다.

마스크가 고마운 사람,
못생긴 년

마스크가 미운사람,
예쁜 년

마스크로 쫄딱 망한 사람,
립스틱 장사

핑계로 이익 본 놈은 김건모 밖에 없다고 했다.

학교는 며칠 뺑뺑이 쳐도 된다.

어르신 찾아뵙지 않아도 된다.

귀찬은 년 만나지 않아도 된다.

애들 자장면 사주지 않아도 된다.

천지신명이여!

얼마나 거짓말을 많이 했으면, 마스크를 쓰라고 하십니까?

얼마나 미워했으면, 가까이하지 말라고 하십니까?

얼마나 지저분하면, 손을 씻으라고 하십니까?

얼마나 열 받았으면 체온을 체크하라고 하십니까?
얼마나 담을 쌓고 살았으면, 연락처를 남기라고 하십니까?

정부 발표보다 수화하는 아가씨 손놀림이 더 재미있다.

코로나여!

나 보기가 역겨워 가실 때에는, 죽어도 눈물 흘리지 아니오리다.

대한민국의 새로운 역사가 시작된다.

용산(龍山)은 둔산(屯山), 군대가 주둔하는 곳이다. 산이 마을을 싸고돌아, 두른 산이라고 부르다가 둔산이 되었다.

병자호란 때 징키스칸 손자 칸이 주둔했고
고려 말 왜구를 무찌른 이성계가 진을 쳤고
임진왜란 때 왜군 선봉장 고니시 유키나 군대의 막사였고,
청일전쟁 때 원세개의 몽고 군대가 파오를 쳤고,

일제강점기에 조선군사령부를 설치했고.
6.25 이후에는 미 8군 사령부가 있었고
피난민들이 옹기종기 모여 살던 해방촌이 있었고
육군본부는 계룡대로 이전하고 국방부만 남았다.

용산에 있는 근 현대사 흔적

백범 김구선생 암살범 안두희를 수감한 위수 감옥
6·25때 한강다리 폭파를 결정한 용산 벙커
박정희 장군과 김종필 소령이 최초로 만난 장소

용산에 있는 일재의 흔적

만주사변 전사자 충혼비
화강암에 조각한 一誠貫之 라는 일본군 구호
화강암에 조각한 일본군의 '★'자 표지석
조선의 아방궁이라는 조선총독의 관저

백합(百蛤)은 껍질이 두꺼워 물고 조이는 힘이 세다. 그래서 백합을 백가지 조

개 중에 왕이라고 한다. 배정자의 별명이 백합조개다.

수양딸인 20대 배정자가 통감 이토 히로부미와 잠자리를 하고

"천하의 대 일본제국이 내 안에서 노는 구나!"

그러자 이토는 "자네 말이 맞네!"

지나는 길에

태종 때 좌의정 하륜은, 노량진 마포나루에서 남대문까지, 주운(舟運)으로 연결하자는 제안을 했다.

타당성을 조사에서, 그 구간에는 조밀한 화강암이 묻혀 있어 불가하다는 결론이었다.

아는 채 좀 합니다.

박물관에는 그 나라의 정신이 녹아있다.

크메르 루즈 킬링필드, 해골 박물관은, 전쟁의 참상이 담겨있다.
아우슈비츠 박물관은 유태인의 애환이 담겨있다.
바르샤바 봉기 박물관은 "폴란드에 봄은 오는가."라는 메시지가 들어 있다.

그런데 우리나라 전쟁기념관은?

우리나라에서 전쟁은, 수비와 방어를 위한 몸부림이었다. 그런데 기념관이라니?

국립중앙박물관 용산전시관, 부설 전사관(戰史館)이 적합할 것이다.

플라톤의 인생철학

먹고 입고 살기에 조금 부족한 재산.

다른 사람에 비해 약간 부족한 용모.

칭찬 받기에 절반 정도 알아주지 않는 명예.

싸우면 한 사람을 이기고, 두 사람에게 질 정도 체력.

청중의 절반은 손뼉을 치지 않는 말솜씨

인도의 간디

자루 하나에는 돈이 들어있고, 다른 하나에는 지혜가 들어있다면. 둘 중 어떤 것을
택할 것인가?

그야 당연히 돈 자루죠.

"멍청한 놈! 나라면 지혜를 택하겠네."

각자 자신이 부족한 것을 택하겠죠.

교수는 간디 답안지에 '멍청이(idiot)'라고 썼다.

점수 대신에 교수님 서명만 있던데요.

중앙청의 운명

세종로 1번지는 한반도의 심장이요 용이다. 일제는 조선총독으로 하여금 용의 머리를 깔고 앉아, 조선을 호령했다.

현철아!

뭐 하고 있느냐? 당장 중앙청을 허물지 않고!

조선총독부 건물을 철거한다는 정보가 곧바로 일본에 전해졌다.

일본 조야에서는, 무슨 대가를 치르더라도 보존해야 한다고 들고 일어났다. 그러면서 정부에서 나서라고 했다.

일본 건축학회에서는, 설계나 시공이 가장 우수한 건축물이라며, 중앙청 철거의 반대를 주도했다.

일본에서는 건축에 목재를 사용하는데, 콘크리트로 지은 최초 건물이, 중앙청이라는 것이다.

중앙청은 덕수궁 석조전처럼 화강암이 아니라, 콘크리트로 벽체를 지었다. 그러니 4각 불럭으로 나누면 운반이 가능하다.

중앙청을 일본으로 옮기면, 당연히 일본 국보 1호 감이다.

한국에서는 지워버리고 싶은 애물단지, 일본에서는 역사성과 자긍심이 빵빵

한 보물

헐어버리기에는 아쉬움이 남지만 대신에 교환한다면?

중앙청을 일본의 우리 문화재와 교환한다면, 세계 최대의 빅딜이 될 것이다.

일본에는 세계의 유수 미술품들을 싹쓰리할 정도로 자금력이 풍부한, 아카다 컬렉션 등 골동품 수집상들이 즐비하다.

중앙청은 세계에서 가장 큰 골동품 매물일 것이다.

이런 제안은 일본 정부 뿐 아니라, 미스비시, 미쓰이, 이또 주 등 종합상사 눈에 번쩍 뜨일 것이다.

의원 외교를 한 단계 올린, 한일의원연맹 회장 김윤환 의원을 만나, 중앙청과 우리 문화재 교환을 제의했다.

중앙청 설계도와 사업계획서도 전달했다.

김 의원은 일본 정계 인사들과, 이 문제를 논의했는데, 대부분 찬성했다고 한다.

중앙청의 운명은 거기까지였다. 김윤환 의원의 비보가 날아든 것이다.

갑작스러운 죽음으로 나의 꿈도 사라졌다.

그일 이후로 나는 고인의 호인 빈배 허주(虛舟)를 사용하고 있다.

귀천(歸天) 시인, 천상병

천상병은 마산중학교 다닐 때 담임선생인 김춘수에게서 시를 배웠다.

내가 그의 이름을 불러 주기 전에는 그는 다만 하나의 몸짓에 지나지 않았다. 내가 그의 이름을 불러 주었을 때, 그는 나에게로 와서 꽃이 되었다. 시인 김춘수

천상병 별명은 천희갑이었다. 동백림 사건으로 취조를 받을 때, 희극배우 김희갑을 닮았다고 수사관들이 붙여준 이름이다.

나 하늘로 돌아가리라.
새벽빛 와 닿으면 스러지는
이슬 더불어 손에 손 잡고

노을빛 함께 단 둘이
기슭에서 놀다가 구름 손짓하면,
나 하늘로 돌아가리라

아름다운 이 세상
소풍 끝나는 날
아름다웠다고 말하리라.

귀천(歸天)

천진난만한 삶

천상병이 몇 달째 코빼기도 보이지 않자 죽었을 것으로 짐작했다. 실은 영양실조로 쓰러져 서울시립정신병원에서 누워있었던 것이다.

누군가 불쌍한 그를 위해 시집이나 발행해주자는 갸륵한 뜻을 내서 십시일반으로 돈을 모아 '시집 새'를 펴냈다.

이런 미담이 신문에 실리자 한 병원에서 '천상병 시인이 여기에 있다'는 연락이 왔다.

그래서 비단 보자기에 양장본으로 꾸민 시집을 들고 병문안을 갔는데. 천상병은 카랑카랑한 목소리로

"내 인세는 어찌 되었노? " 돈 알기를 돌로 보는 그가 아닌가?

"저승 가는 길에 노자가 필요하면 어떻게 하노?"

커피 한 잔과 봉지 담배, 막걸리 한 병을 사고서도 버스 요금이 아직 남았다고 행복해 하던 그였는데.

무소유였지만 가난에 주눅 들지 않고 늠름한 그가. 많은 것을 거머쥐고 허덕이는 우리들을 부끄럽게 한다.

국사범으로 몰리다.

그는 정치와 무관했는데 뜻밖에 동베를린 사건으로 국사범에 몰렸다. 친구로부터 3만 6500원을 갈취한 혐의다.

술을 좋아해서 친구로부터 술값으로 백 원, 오백 원씩 받은 것이 큰돈이 되었다.

향수를 마시다

서울대학교에 다닐 때였다. 하루는 교수님 집 화장대에 멋있는 병이 있어 양주인 줄 알고 마셨다.

무슨 향이야? 좋은 술은 향기부터 다르다고 생각했는데 알고 보니 향수였다.

이발소에서

머리가 덥수룩해서 얼굴이 보이지 않는 지경이었다. 이를 딱하게 여긴 친구가, 돈을 주면 술 사 먹을까봐 이발소에 데리고 갔다.

이발삯을 지불하고 머리를 자르는 걸 본 친구는 안심하고 자리를 떴는데, 친구가 나가자마자, 이발한 비용을 제외하고 환불해달라고 요구했다.

이발사는 돈을 돌려주고 머리는 그냥 잘라주었다. 그 돈으로 술을 사먹었다고 한다.

술친구 신경림의 회고

천상병은 힘하게 살아서인지 혀를 내두를 정도로 건강했다. 먹성도 좋고 주량도 컸다.

자신이 학원 강사로 근근이 살아가는 것이 안타까워, 취직시켜주겠다고 여기저기 알아보다, 일자리를 알선해 주었다.

일정한 수입이 없는 그가 지 걱정은 안 하고 남 걱정만 하는 것이 우스워 한마디 했더니, 너와 나는 타고난 생리가 다르다. 나는 남들보다 시를 잘 쓰니 먹고 살 수 있다.

남자가 임신을?

간이 부어 복수가 차 누워있는데, 왜 배가 부르냐고 묻자 임신을 했다고, 병원장인 친구 말이다.

포장마차

미망인 목순옥 여사는 인사동에서 귀천이라는 민속 찻집을 운영했다. 단골손님이 빌린 돈을 언제 갚을 거냐고 천상병에게 묻자,

"죽으면 천국과 지옥 갈림길에서 포장마차를 할 테니, 빌린 돈 만큼 술로 주겠네!."

세계 유명인의 명언에 수록한 글

부인의 간절한 기도

입원했을 때, 5년만 더 살게 해달라고 기도했는데. 놀랍게도 병원에서조차 가망이 없다던 그가 완쾌되었다.

더 놀라운 것은 정확히 5년 후인 1993년 거짓말같이 세상을 떠났다.

"5년이 아니라 10년만 더 살게 해달라고 빌어야 하는데!"

장례식장에서

영혼을 울리는 소리꾼 장사익은 귀천을 불러, 조문객들로부터 앵콜을 3번이나 받았다, 마지막에는 망부가를 불렀다.

수줍은 충청도 사투리로, 아무리 세상이 힘들어도 정이 오고 가야 살맛나는 거예유

최백호는 시인에 어울리는 노래라면서 '낭만에 대하여'를 처연하게 불렀다.

벗들에게 얻은 1000원으로 막걸리를 마시는 것이 유일한 낙이었던 우리들의 벗 천상병을, 의정부 수락산 자락이 아니라 이제는 의정부시립묘지에 가서나 만날 수 있다.

★ 로열티 (Royalty) : 공업소유권을 사용하는 대가

★ 알리바이 (alibi) : 현장 부재증명

★ 에세이 essay 수필

★ 스팸(Spam)문자: 불특정 다수에게 발송하는 문자

★ 시니컬(Cynical) : 냉소적이다.

★ 시크(Chic)하다 : 세련되다.

★ 싱크로율(Synchronization) : 서로 닮은 비율★

★ 아바타(Avatar) : 분신

★ 아우라(Aura) : 후광

★ 어워드(Award) : 시상식

★ 네온사인 (neon-sign) : 유리관에 빛을 나타내도록 한 장치

★ 디스크 (disk) : 음반

★ 바코드 (bar code) : 상품의 식별이 가능한 막대 형태의 줄

★ 에어로빅 댄스 (aerobic dance) : 체조와 춤을 혼합한 동작

★ 조깅 (jogging) : 천천히 달리기

★ 칼럼니스트 (columnist) : 신문 잡지에 집필하는 사람

★ 캠페인 (campaign) : 정치영역의 활동

★ 토너먼트 (tournament) : 승자끼리 우승자를 가려내는 것

★ 카리스마 charisma : 권위

★ 오리 지날 (Original) : 원본 원작 원물 원형 원도

★ 엔터테인먼트(entertainment) : 오락 (연예)

★ 매니페스터(manifester?) : 분명하게 하는 사람

★ 퍼머먼트(Perament: make-up) : 성형수술

★ 카운슬러 (counsellor) : 상담역

★ 아웃 쏘싱(outsourcing) : 외부 용역

★ 님비 현상(NIMBY. not in my backyard) : 지역 이기주의

★ 카폴 제도 (car pool) : 교통난을 덜기 위해 여러 명이 타는 것

비매품

목련꽃 그늘 아래서
르테르의 편지를 읽노

구름 꽃 피는 언덕에서
피리를 부노라

아! 아 멀리 떠나와
없는 항구에서 배를 ㅌ

돌아온 사월은
3명의 등불을 밝혀든

빛나는 꿈의 계절아
눈물어린 무지개 계절

박모월

비매품

허주시문선

연인의 사랑이
장미꽃이라면
벗의 우정은
들꽃 같은 것

장미꽃은 눈부시지만
검게 퇴색하고
들꽃은 소박해도
향기는 은은하다

사랑의 맹세는
물거품이 되어도
우정의 언약은
변함 없는 것

사랑이 떠나
슬픔이 밀물져도
우정은 남아
생명을 보듬는다.

우정 정연복

하숙생, 최희준 선배

하숙생으로 유명한 최희준(본명 최성준)은 1936년 서울 종로구 익선동에서 태어났다.

1960년 '우리 애인은 올드미스'로 데뷔하여 맨발의 청춘, 하숙생, 길 잃은 철새, 팔도강산 등 많은 히트곡을 냈다.

선배는 경복고와 서울대 법대를 나왔다.

대학에서 학교대표로 장기놀이대회에서 실력을 인정받아 미8군 무대에 섰다.

특유한 허스키인 저음이 매력인 형은, 작곡가 손석우 씨를 만나 '우리 애인은 올드미스'를 부르면서 본격적인 가수 활동을 시작했다.

최희준이란 예명은 '항상 웃음을 잃지 말라'고, 손석우 씨가 이름에 기쁠 희(熹)자를 넣어준 것이다.

'인생은 나그네길 어디서 왔다가 어디로 가는가. 구름이 흘러가듯 떠돌다 가는 길에 정일랑 두지 말자 미련일랑 두지 말자.'

선배는 인생의 덧없음을 노래한 '하숙생'으로 큰 인기를 끌었다.

'찐빵'은 무대 조명의 열기로, 스포츠형 머리에서 김이 무럭무럭 나는 것이 마치 찐빵 같다고 해서, 코메디언 구봉서 씨가 붙여준 별명이다.

구봉서 배삼룡 이기동 남성남 남철 등 기라성 같은 코메디언들이 출연한, 유토피아 아마존 무랑루쥬 등 극장식 카바레에서 음악 파트를 이끄는 단연 독보적인 존재였다.

세운상가에서 아마존을 운영하던 조카 홍양희 사장과는 술친구였다. 그래서 나와 셋이 자주 술좌석을 가졌다.

서울대학교 그것도 법대를 나왔으니 판검사는 따는 당상이라, 명예는 물론 돈방석인데 왜 딴따라 가수를 합니까?

자네도 서울대 출신 아닌가? 서울대는 돈 버는 방법을 가르쳐주지 않는다네.

향년 82세로 별세했다.

Youtube, 하숙생

조영남과 와우아파트

니가 왜 거기서 나와!

아파트 13동이 한꺼번에 무너졌다. 사상 유래가 없는 아파트 붕괴사고로 가뜩이나 어스선한데,

조영남이 신고산이 우르르 함흥차사 떠나는 소리를, 우르르 아파트 무너지는 소리로 바꿔 불렀다. 대책 없는 놈 .

경찰이 널 찾는다.

이 한마디에 겁 많은 조영남은, 서울을 탈출해서 충청도로 도망치다가, 형사들에게 잡혀, 군에 강제 입대했다.

군에 입대하면 머리부터 자른다. 조영남이 깍두기 머리라니, 그림이 안 그려진다.

옥떨매, 옥상에서 매주를 떨어뜨리면 조영남 같이 된다는 우스게 소리가 유행하던 시절이었다.

2년 후였다. 딜라일라를 부르며 해성처럼 나타났다.

김현옥 서울시장

어이! 김 소령! 정치 한번 해보지 않겠나?

정치라니요? 전 그런 거 모릅니다.

정치하는 양반들 꼬락서니를 보니 한심스러워서 그러네!

자네는 젊은 패기가 있지 않은가?

육사 출신 김현옥 소령(39세)은 박정희 대통령의 부름을 받고 서울시장이 되었다.

도시는 선이다. 하면서 돌격 구호를 붙이고 현장을 누빈 김시장의 치적.

한강 직강공사에 의한 밤섬, 난지도. 여의도 윤중제 조성

마누라 없이는 살아도 장화 없이는 못 산다는 말죽거리 수로 정비.

청계고가 공사와 세운상가 건축

한강의 기적이라는 말이 이때부터 생겨났다.

와우아파트 붕괴 사고

T.S 엘리오트의 저주인가? 4월은 잔인한 달이었다.
와우아파트 15개 동이 한꺼번에 무너졌다.

고지대라 구급차가 접근할 수 없어, 현장은 그야말로 아비규환이었다.

빨리 지으라는 독촉에, 지반 공사를 전혀 하지 않았다. 그러니 해빙기가 되자 언 땅이 녹아, 지반이 내려앉았다.

설계가 부실한데다 공사비도 부족하고, 하여튼 총체적으로 부실했다.

아파트를 지은 곳은 대부분이 산중턱인데?

"야! 이 새끼들아! 높은 곳에 지어야 청와대에서 잘 보일 것 아니냐!"

불도저라는 별명이 붙은 서울시장은 붕괴에 책임을 지고 물러났다.

건물 관련 참사는 대연각 화재(163명 사망)와 와우아파트 붕괴(33명 사망 부상 40명)가 쌍벽을 이룬다.

나훈아는 과연 상남자였다.

삼성 이건희 회장이 주최하는 만찬에 나훈아를 초빙했다. 일류가수는 출연료로 3,000만 원을 받는다.

그러나 나훈아는 단칼에 거절했다.

나는 대중예술가다. 내 공연을 보고 싶으면 직접 와서 표를 끊어라.

코로나 방역을 무시한 채, 콘서트를 감행한 것이 엊그제인데, 55주년을 맞았다며, 또 콘서트를 하려고 한다. 그놈의 돈이 뭔지

나훈아는 중학교 다닐 때부터 알아주는 날라리였다. 매일같이 용두산 공원에 올라가 기타를 치고 놀았다. 피아노 실력도 수준급이었다,

1학년 때 오아시스레코드사와 계약했다. 고등학생이 가요계에 데뷔한 건 이례적인 일이다.

간드러진 꺾기 창법인 천리길로 가요계에 데뷔했다. 음악의 천재성을 알 수

있는 대목이다.

1968년 '사랑은 눈물이 씨앗'이 히트해서, 전성기였던 남진과 대결구도를 만들었다.

이렇게 해서 침체된 대중가요에 활력을 불어넣었다.

1970년 남진을 재치고 가수왕이 되었다.

1973년 공군 현역 시절에 고은아 사촌인 이숙희와 결혼을 했다. 전역을 앞두고 이혼했다. 싫증을 잘 낸 성격인가?

전역한지 얼마 안 되어, 전성기를 구가하던 연상의 김지미와 결혼했다. 그리고 김지미의 고향인 신탄진에서 신혼살림을 차렸다. 과연 상남자다.

'대동강 편지'로 MBC 가수상을 수상했다.

남산의 호텔 스카이라운지에서, 노래를 부르는 심수봉에게, 본명 최홍기로 '여자이니까'라는 곡을 주었다. 아마도 좋아했던 것 같았다.

본격적인 음악 활동으로, 울긴 왜 울어, 갈무리, 영영, 내 삶을 눈물로 채워도, 같은 로맨틱한 노래를 불렀다.

김지미와 이혼하고, 정수경과 결혼했다. 이혼 이유는 딱 봐도 비디오 .
가수 진성이 나훈아 작곡인 땡벌을 불러도 되냐고 묻자. 흔쾌히 승낙하고 지도도 해주었다고 한다. 작곡 실력은 알아주어야 한다.

어쩌다가 한바탕 턱 빠지게 웃는다. 그리고 아픔을 그 웃음에 묻는다.
그저 와준 오늘이 고맙고. 죽어도 오고 마는 내일이 두렵다.

아! 테스 형, 세상이 왜! 이리 힘들어?

 나훈아가 할아버지 묘소에 성묘를 갔다가 문득 생각나서 만든 곡인데, 처음에는 소크라테스가 아니라 아버지였다.

'아버지'라고 불러보니 임팩트가 부족해서, 대중적인 인기에 영합하여, 소크라테스로 바꿨다고 한다.

바지 내린 사건

나훈아가 발기부전이라는 소문이 떠돌고, 사람들의 입방아가 걷잡을 수 없게 되자

바지를 내리고 5분 동안 보여드리겠습니다. 그래도 믿지 않으시겠습니까?

관중들이 아무런 반응을 보이지 않자, 해외로 도피성 여행을 떠나, 5년간에 걸쳐 11개국을 돌아다녔다.

그리고 대한민국 어게인 나훈아로 다시 돌아왔다.

다른 사연

존슨 대통령에게, '베트남 전쟁을 왜 계속해야 하는지' 기자들이 물었다.

전쟁의 당위성을 자신의 정치적 논리로는 설명할 수 없어서, 오죽 답답했으면 대통령이라는 신분도 망각한 채, 바지를 내리고 자기 거시기를 꺼내서

이것이 바로 그 이유다.

미국은 월남전에서 빼도 박도 못하는 입장이라는 것이다.

대표곡

울긴 왜 울어
무시로
잡초
사랑은 눈물의 씨앗
머나먼 고향

바다가 육지라면
고향역
이별의 부산 정거장
홍시
테스형

장사익의 노래 인생

소리꾼 장사익은 7남매 중 맏아들로 태어났다.

어릴 적에는 소리만 지를 뿐, 노래를 아주 못 불렀다고 한다. 그래서 동네 아저씨 권유로 웅변을 시작했다.

장사익은 인생의 태반을 어렵게 살았다.

생활고를 견디지 못한 그는, 보험회사 외판원에서, 무역회사, 가구점, 독서실 등 25년 동안, 무려 15개가 넘는 직장을 전전했다.

카센터에서 허드렛일을 하던 중이었다. 재미없는 인생. 딱 3년만 하고 싶은 일을 하자.

그래서 사물 놀이패에게 무임금으로 써달라고 통사정해서 마침내 단원이 되었다.

후배인 피아니스트 임동창의 권유로 노래를 시작했다. 그때 나이 46세.

아버지 장구 치는 소리는 얼마나 신명 났던지
아저씨의 태평소 소리는 어찌나 구슬픈지

어른들의 소리를 듣고 나니 노래가 운명처럼 다가왔다.
삐걱거리며 굽이굽이 살아도 산 것이 아니고, 죽어도 죽은 것이 아니야!.
굴곡진 인생 가늘고 길게 가면 돼!

해미가 깔린 새벽녘, 태풍이 지나간 허허바다에 겨자씨 하나 떠 있네!

눈이 허공을 더듬는다. 행유여력(行有餘力)인가? 남한강에서 하염없이 명상에 잠긴다.

마음이 순박해서 그런지 말하는 것 마다 시적 가락이 한웅큼이다.

장사익의 노래는 낭창낭창하다가 문득 거룩하고, 새끼 잃은 짐승 울음처럼 구슬프다.

그래도 가슴에 막혀 있던 무언가가 탁 풀리는 느낌이 든다.

좋은 시가 있으면 무릎을 탁 치고, 기타로 쳐보고, 음 하나를 잡아 이리저리 굴려보고 노래를 만든다.

1994년 홍대 앞 '예' 극장에서 공연을 하는데, 입소문이 나서, 100석인 좌석에 300~400명이 몰려와 관객들은 무대 위까지 점령했다.

그래서 벽에 등을 붙이고 노래했다.

아지랑이 피면 봄이 오나

바람 불면 가을이 깊어지나

이렇게 자연과 하나가 되어 부르는 노래에 청중들은 열광한다.

라이브로 듣지 않고서는 누구도 그에 대해 말할 자격이 없다.

생김새는 시골 장터에서 마주치는 장똘배기다. 그래도 붓글씨 하나는 맛깔나게 쓴다.

부암동 상명표구점에서 그가 맡긴 작품을 어렵지 않게 볼 수 있다. 글씨 일부는 유니세프에 기증한다고 한다.

천상병 장례식에서

영혼을 울리는 소리꾼 장사익은, 노래 귀천을 불러, 조문객들로부터 앵콜을 3번이나 받았다,

마지막에는 망부가를 불렀다.

수줍은 충청도 사투리로, '아무리 세상이 힘들어도 정이 오고 가야 살맛이 나는 거예유.'
최백호는 천상병 시인에 어울리는 노래라면서 '낭만에 대하여'를 처연하게 불러 앵콜을 받았다.

가수 이문세

캐나다에서 박사학위를 받고 귀국한 30대 젊은이가 서울대학교 교수로 취임했다. 신장 185cm 훤칠한 키에 하얀 피부가 인상적인 이상만 박사다.

이 박사의 신부 고루는 기준은 유별났다.

적토마를 타는 여포는, 탁월한 칼싸움 실력 덕분에, 양귀비 뺨 칠 정도로 예쁜 전족(纏足) 미인 초선을 얻었다.

초선의 발은 얼마나 작았던지, 여포 손바닥에 올라 춤을 추었다고 한다.

전족을 하면 몸의 균형을 잡기위해 배꼽 아래에 힘을 집중시킨다. 그러면 은밀한 부분의 근육이 발달해서, 그곳이 명기(名器)가 된다.

소녀경(素女經)에도 없는 비법이다, 당연히 수혜자는 남성이다.

20cm 넘는 하이힐을 신은 레이디 가가,
피겨스케이팅 선수 김연아
토슈를 착용하는 발레리나 강수진

이 박사는 이 중에서 발레리나를 최고로 쳤다.

이 박사는 '몇 월 며칠'에 결혼식을 올릴 거라고 흰소리를 하고 다녔다.

그리고 약속을 지켜. 이름 있는 발레리나 신부와 그 날짜에 맞춰 결혼식을 올렸다. 신부는 후일 이화여대 교수 육완순 여사다.

이 박사에게는 이화여대를 졸업하고 미국 MIU 대학에 유학 중인 딸이 있었다.

어느 날 머리통이 말 같이 크고 이상하게 생긴 놈이 찾아와 넙죽 절하며 딸을 달라고 했다.

직업을 물어보니 백수라고, 할 수 있는 일이 무엇이냐고 물으니 노래 밖에 없다고 했다. 딸자식 굶기기 십상이었다.

이 박사는 딴따라에 무위도식하는 킹카의 꼬임에 빠졌다며 일언지하에 거절했다.

그날로 이 베짱이는 딸을 꿰차고 도망을 쳤다.

세옹지마(塞翁之馬)라면 수지맞는 장사잖소. 다 게네들 운명이요. 옆에서 보고 우리는 즐깁시다.

부인의 설득에 이 박사가 백기를 들었다.

그리고 딸은 한참 만에 백마를 타고 돌아왔다. 불한당 같은 도둑놈은 이문세다.

이상만 박사는 허주의 대학 은사다.

(해당 가수의 검토를 필했음.)

낭만가객 최백호(1950)

흰 머리조차 낭만적인 최백호는 스니커즈를 즐겨 신는 소탈한 성품이다. 또한 자신의 스타일을 고수하는 멋쟁이다.

어렸을 적에는 화가가 되는 게 꿈이었다. 그래서 영화감독을 해보려고 시나리오를 쓰기도 했다.

대학 연극영화과에 진학했지만, 가정형편이 어려워서 학업을 포기했다.

의식주 해결을 위해 통기타를 치고 노래를 불렀다. 절망의 순간에 돈이 들어왔다.

노래를 부르면서 '좋다', '즐겁다' 하는 생각은 한 번도 안 했다.

'내 마음 갈 곳을 잃어'는, 어머니를 여의고, 어느 황량한 해변을 거닐다가 쓴 가사다.

노래에 쓸쓸함이 묻어나오는 것은, 어린 시절 외롭게 보내서이다.

비매품

인생의 냉탕과 온탕을 골고루 맛보았다.

28살에 국회의원이었던 부친은, 태어난 지 5개월 만에 교통사고로 돌아가셨다.

그래서 애비 잡아먹은 자식이라는 할아버지의 노여움에 집을 나왔다.

군에 입대했는데, 얼마 지나지 않아 폐결핵을 앓았다.

재대하고 백수로 살다가, 돈이 떨어지자, 산속으로 들어가 오두막집을 지었다.

영일만 친구로 TBC 방송가요대상 남자가수상을 수상했다.

전성기를 누비던 1980년, 국민배우 김자옥과 결혼했다.

'이제와 새삼 이 나이에, 실연의 달콤함이야 잊겠냐마는' 낭만에 대하여는 그 시절에 나온 것이다.

인생을 되돌아봤을 때 가장 좋았던 시절은 50대였던 것 같다. 그때 돈을 많이 벌었거든.

그러나 아쉽지만 그는 인생의 후반전을 향해 달려가고 있다.

자신에게는 살아있어 고맙다. 남에게도 살아있어 고맙다. 이렇게 고맙단 말을 입에 달고 산다.

가장 부러운 사람은 송창식, 자유로운 영혼이니까.

낭만에 대하여
궂은 비 내리는 날
그야말로 옛날식 다방에 앉아

도라지 위스키 한 잔에다
짙은 색소폰 소리 들어보렴

새빨간 립스틱에
나름대로 멋을 부린 마담에게
실없이 던지는 농담 사이로
짙은 색소폰 소리 들어보렴

이제와 새삼 이 나이에
실연의 달콤함이야 있겠냐만은
왠지 한 곳이 비어 있는 내 가슴이
잃어버린 것에 대하여

집안 인사

가수 최성수, 탤런트 최불암, 배우 최수종, 육군참모총장 최경록

Youtube, 영일만 친구

가수 운명은 노래대로 된다.

박사학위 논문에서

한국 노랫말 연구회에서 가수 100명을 대상으로 노래가 운명에 어떤 영향을 미치는가를 조사해 보니, 놀랍게도 91명의 가수가 자신의 히트곡과 같은 운명의 길을 걸었다.

슬픈 노래를 부른 가수는 일찍 죽고, 즐거운 노래를 부른 가수는 오래 살았다는 것이다.

고통 이별 죽음 등 슬픈 노래를 부른 가수는 단명했고, 요절한 가수들은 너나없이 죽음과 연관된 노래를 불렀다.
왜 가야만 하니, 왜 가니, 그건 너 바로 너 때문이야. 울고 싶어라. 울고 싶어라. 이 마음

벙거지 이남이가 암으로 죽으면서 한 말이다.

윤심덕은 사의 찬미를 부르고 자살로 생을 마감했다.

산장의 여인을 부른 권혜경은 자궁암과 위장암으로 고통 받다가, 재생의 길을 걸으며, 산장에서 비구니처럼 쓸쓸히 살았다.

수덕사의 여승을 부른 가수 송춘희는 결혼하지 않은 채 불교 포교사로 일했다.

가수 이난영은 목포의 눈물을 부르고 화병으로 49세에 숨졌다.

가수 양미란은 흑점을 부르고 골수암으로 생을 마감했다.

가수 박경애는 곡예사의 첫사랑에서 죽음을 암시하는 '울어 봐도 소용없고 후회해도 소용없다.'를 부르고 폐암으로 사망했다.

가수 박경희는 머무는 곳이 어딘지 몰라도를 부르고 별세했다

가수 장 덕은 예정된 시간을 위하여를 부르고 사망했다.

남인수는 눈을 감아들이지요를 마지막으로 세상을 떠났다.

0시의 이별을 부른 가수 배호는 0시에 떠났다. 그리고 돌아가는 삼각지를 부르고 돌아오지 못했다.

낙엽따라 가버린 사랑을 부른 가수 차중락은 낙엽처럼 떨어졌다.

간다간다 나는 간다. 너를 두고 나는 간다. 이름 모를 소녀를 열창하던 가수 김정호는 20대 중반 암으로 사망했다.

이별의 종착역, 내 사랑 내 곁에를 부른 가수 김현식은 떠나버렸다.

우울한 편지를 부른 가수 유재하는 교통사고로 사망했다.

하수영은 아내에게 바치는 노래를 부르고 세상을 떠났다.

김광석은 서른 즈음에를 부르고 그 즈음에 세상을 떠났다.

이별을 불렀던 가수 패티김은 길옥윤 씨와 이별했다.

조미미는 바다가 육지라면을 부르고 재일 교포와 결혼했다.

낙엽 따라 가버린 사랑을 부른 차중락은 낙엽처럼 저 세상으로 갔다.

최헌은 오동잎을 부르며 쓸쓸하게 생을 마감했다.

노사연은 오랫동안 노처녀로 지내다 만남을 부르고 결혼했다.

신신애는 세상은 요지경을 부르고 사기를 당하자 "여기도 짜가 저기도 짜가"라고 했다.

송대관은 한동안 뜸했다가 쨍하고 해 뜰 날 돌아왔다.

엘레지(悲歌)의 여왕, 이미자

열아홉 순정을 부를 때 열아홉 살이었다.

동백아가씨를 부를 때, 동백꽃이 떨어진 것처럼 금지곡이 되었다.

진도아리랑을 부르며 외롭게 살았다.

섬마을 선생을 부를 때 소박맞고 혼자 살았다.

여성이 기러기 아빠라니? 과부시절 작곡가 박춘석을 사랑했다.

아씨를 히트시키고 KBS 방송 위원 김창수와 결혼을 했다

봄날은 간다.

목련이 지더니 벚꽃이 떨어진다, 만나자 마자 이별이다.

봄은 지키지 못할 언약처럼, 미련만 남긴 체 사리지고

봄철에 띄운 연서(戀書)는 아지랑이처럼 흩어진다.

꽃이 피면 같이 웃고, 꽃이 지면 같이 울던, 그 님은 어디로 가셨나?

알뜰한 그 맹세, 내 벌써부터 허망할 줄 알았다.

연분홍 치마가 봄바람에 휘날리더라. 떠나는 봄이 더 외롭단다.

새파란 풀잎이 물 위에 떠서 흘러가더라.

약동하는 봄철에 새파란 죽음이라니? 이 구절에 목이 멘다.

연분홍 치마가 봄바람에 휘날리더라!

오늘도 옷고름 씹어가며
산제비 넘나드는 성황당 길에
꽃이 피면 같이 웃고, 꽃이 지면 같이 울던
알뜰한 그 맹서에 봄날은 간다.

새파란 꽃잎이 물에 떠서 흘러가더라!
오늘도 꽃 편지 내던지며
청노새 딸랑대는 역마차 길에
별이 뜨면 서로 웃고, 별이 지면 서로 울던
실없는 그 기약에 봄날은 간다.

이 노래에는 봄과 인생이 모두 들어있다. 그러니 제대로 부르지 못하면 가수라 할 수 없지.

조용필, 장사익, 배호, 한영애 주현미 등 내로라하는 가수들의 슬픔은 제각각이다.

조용필은 슬픔을 단단히 끌어들이고,

장사익은 슬픔을 목청으로 토해내고.

배 호는 묵직한 저음의 정제된 슬픔으로

한영애는 퇴폐미 넘치는 끈적끈적한 슬픔으로
김정호는 헤드 빙하며 처절한 슬픔으로

주현미는 흐느적거리는 내면의 슬픔으로

시인이 뽑은 가장 아름다운 노래 가사가 '봄날은 간다.'

우리나라 대표적인 봄꽃'을 묻는 여론조사에서, 최종적으로 진달래와 개나리로 압축되었다. 그러나 결말이 나지 않았다.

진달래는 전국 방방곡곡에서 피어나는 토종 꽃이다.

개나리는 외래종으로, 영어로 골든 벨 플라워(golden bell flower), 한자로 금종화(金鐘花)

아름다움을 가지고, 누가 더 낫다고 할 수 없는 일이다.

김용택 시인

텃밭에 흙 묻은 호미만 있거든, 예쁜 여자랑 손잡고 매화 꽃 보러 간 줄 알아라.

한국은 가히 예능공화국이다.

코로나로 외출도 못하고 집에만 있자니 심심해서, TV를 켜면 어느 방송국이나 예능 코너입니다.

김성주 복면 가왕
신동엽 불후의 명곡

유제석 놀면 뭐하나?
헬로 트롯트

풍류대장
이승기 싱 어게인

우리 것은 좋은 것이여!

오징어 게임 숨바꼭질, 딱지치기, 달고나가 세계를 들었다 놨다합니다.
트윈 폴리오는 아련한 옛 추억

강남 스타일은 흘러간 유행가
방탄소년단은 여전히 세계를 누비고

치킨 비빔밥 김치가 세계의 입맛을 흔들어 놓는다.

이찬원은 방송계를 석권할 기세고

김구라는 제 세상 만나 구리를 칩니다.

예능이면 다냐? 태권도도 재미있다. 나태주가 공중재비를 하고.

방송국 마다 예능 프로 일색입니다.

생생 정보통
무한 도전
팔도 밥상

도시 어부
주접이 풍년
서민 갑부

라켓 보이즈
강호동 이만기의 남자의 품격
백종원 골목식당

이영자의 맛집
장윤정 도장 깨기
나는 자연인이다.

싱 어게인에서 노미네이트를 받지 못한 가수은, 닭똥 같은 눈물을 흘리니, 가관입니다.

이덕화가 대빵인 도시어부에서, 용선료 출연진 스텝 임금은 하루에만 1억 원이 드는데, 만 원짜리 물고기 1마리만 잡아도, 팔짝팔짝 뛰면서 열광을 합니다.

골 때리는 그녀들은, 한 골만 먹어도 바닥에 주저앉아 통곡을 합니다. 그러면 개감독 김병지는 얼굴을 감싸고 어쩔 줄 몰라 합니다.

만회라도 할라치면, 6,25 난리는 난리도 아닙니다. 우루루 몰려들어 포옹을 하고, 눈물 흘리고, 눈 뜨고 볼 수 없습니다.

세종대왕께서, 말만한 가시내들이 가랑이를 찢은 걸 보시면, 무슨 말을 할까요?

가관이군!
뉘 집 자식들인고?
백성들 볼가 무섭다.
당장 주리를 틀어라.
매우 쳐라!

조용필의 꾀꼬리

27인 선승들의 삶을 엮은 '마음 살림'에 나오는 이야기입니다.

너는 뭐하는 놈이냐?

저는 가수입니다.

그래! 그럼 노래 한번 해보거래이.

조용필의 구성진 노래 가락이 통도사에 울려 퍼졌습니다.

고놈 참 노래 잘 한데이.

네 안에서, 노래하는 꾀꼬리의 진짜 주인은 누꼬?

모르겠습니다.

지금부터 내 안의 꾀꼬리를 찾아 보거래이.

조용필은 그런 스님의 입장이 되어서, 오래 동안 숙고했다고 합니다.

나는 노래가 인생의 전부 인양, 천방지축(天方地軸) 기고만장(氣高萬丈)하게 까불었던 것은 아닌지?

그렇게는 살지 않았다고 생각했습니다.

오늘의 나를 만들어 준 것은 하느님, 부모, 청중입니다. 그런데 감사에 너무 인색하지는 않았나 뒤돌아봅니다.

아리스토텔레스는 "행복은 감사하는 사람의 것"이라고 했습니다,

인도의 타고르도 "감사의 분량이 곧 행복의 분량"이라고 했습니다.

행복해서 감사한 것이 아니라, 감사하기 때문에 행복한 것입니다.

그는 높은 위치에 있다고 생각했는데, 낮은 바닥에 있다는 것을 깨닫고, 주저앉아 울었다고 합니다.

1982년에 발매된 조용필 4집 "못 찾겠다. 꾀꼬리" 발매 축하연이 한창인데, 한 요양병원에서 전화가 왔습니다.

지적장애를 가진 아이가, 한 번도 감정을 보이지 않다가, 라디오에서 흘러나오는 '비련'을 듣고, 눈물을 흘렸다고 합니다.

돈은 얼마든지 드릴 테니, 직접 노래를 불러줄 수 없겠느냐고 했습니다.

엄청난 돈을 받을 수 있는데, 예정된 4개 행사를 취소하고 위약금까지 물어가며, 그 병원으로 달려갔습니다.

아이의 손을 잡고 노래를 부르자, 아무런 표정이 없던 아이가, 펑펑 울었습니다. 그리고 부모도 같이 울었다고 합니다.

사례한다고 하자,

따님의 눈물은 평생 번 돈보다, 앞으로 벌게 될 돈보다, 더 가치가 있습니다. 하면서 거절했다고 합니다.

아무나 가왕이라고 하지 않습니다. 따뜻한 마음을 가져야 가왕입니다.

못 찾겠다
꾀꼬리 꾀꼬리 꾀꼬리
나는야 오늘도 술래

못 찾겠다
꾀꼬리 꾀꼬리 꾀꼬리
나는야 언제나 술래

외로운 여인, 동숙아가씨

당시 상황은, 농촌 처녀 총각들이 구로공단이나 동대문 봉제공장에서 둥지를 틀 때였다.

가난한 농부의 딸로 태어난 동숙은 초등학교도 마치지 못하고, 서울 구로동의 어느 가발공장에서 하루 12시간씩 일을 했다.

시골에 계신 부모님에게 생활비를 보내주고 동생들 뒷바라지도 했다.

동숙은 선생이 되는 것이 꿈이었다. 그래서 야간에는 검정고시 학원에 다녔다.

운명이었나?

동숙은 학원 강사를 사모했다. 그래서 자취방에 찾아가 밥도 해주고 빨래도 해주면서, 장래를 약속했다.
그런데 정인이 결혼한다는 청천벽력 같은 소문이 들렸다. 그래서 진위를 물

으니

나는 선생이고 너는 나의 제자일 뿐이다.

며칠을 잠 못 이루고 고민했다. 그리고 복수를 결심하고 동대문 시장에서 칼을 샀다.

마침내 정인의 가슴에 비수를 꽂았다.

이 수기는 여성 주간지에 실려 많은 사람들의 심금을 울렸다.

동숙이었던 문주란은 10대 어린 소녀였다.

가수의 운명은 히트한 노래대로 된다고 하는데, 교통사고를 당했다. 그리고 '남자는 여자를 귀찮게 해'를 부르고, 방송을 그만 두었다.

요즘은 경기도 가평에서 뮤즈카페(031-585-6688)를 운영하며 무대에서 직접 노래를 부른다.

동숙의 노래

너무나도 그님을 사랑했기에
그리움이 변해서 사무친 미움
원한 맺힌 마음에 잘못 생각에
돌이킬 수 없는 죄 저질러놓고
흐느끼면서 울어도 때는 늦으리

임을 따라 가고픈 마음이건만
그대 따라 못가는 서러운 미움
저주받은 운명이 끝나는 순간

임에 품에 안긴 짧은 행복에
참을 수없이 흐르는 뜨거운 눈물

한산도 가사, 백영호 작곡

가끔 생각나는 가수 배호

배호(1942년 4월 29일-1971년 11월 7일)는 젊은 나이 29세에 우리 곁을 떠났다.

독립운동을 한 부모를 따라 중국에서 유랑하다가 해방과 함께 귀국해서 동대문 밖 창신동에서 살았다.

1955년 부친이 사망하자 사고무친이 된 그는, 부산의 한 고아원에 맡겨졌다.

군악대 악단장인 외삼촌에게서 드럼을 배워, 미 8군 무대에서 활동했다.

그는 평소에 중절모를 써서 중년으로 오해하기 십상이지만, 새파란 젊은이였다

1963년 첫 앨범 '두메산골'을 내면서 배호라는 이름을 세상에 알렸다.

1967년 돌아가는 삼각지가 히트하면서, 톱 가수 반열에 올랐다.

그 후에는 누가 울어, 안개 낀 장충단공원이 연달아 히트했다.

1960년대, 정부의 저곡가 정책으로 농촌 경제는 거덜이 났다.

그래서 시골 사람들은 고향을 떠나 남부여대(男負女戴)하고 서울로 서울로 향했다.

농촌 처녀총각들은 구로공단이나 동대문 봉제공장에 둥지를 틀었다.

배호는 객지를 떠돌던 청춘들을 생각하면서, 장충단 공원을 불렀다.

안개 낀 장충단 공원

안개 낀 장충단 공원
누구를 찾아왔나

낙엽송 고목을 말없이 쓸어안고
울고만 있을까

지난날 이 자리에 새긴 그 이름
뚜렷이 남은 이 글씨

다시 한 번 어루만지며
떠나가는 장충단 공원

일부 농촌 처녀들은 삶이 버거워, 꽃다운 청춘을 군화 발에 짓밟히며 모질게 살아야 했다. 이곳이 용산 역전의 사창가였다.

돌아가는 삼각지

삼각지 로타리에 궂은 비는 오는데
잃어버린 그 사랑을 아쉬워하며

비에 젖어 한숨짓는 외로운 사나이
서글피 찾아왔다 울고 가는 삼각지

삼각지 로타리를 해메도는 이 발 길
떠나버린 그 사랑을 그리워하며
눈물 젖어 불러보는 외로운 사나이
남몰래 찾아왔다 돌아가는 삼각지

배호는 24세의 새파란 나이에 신장염이라는 병마가 덮쳤다. 그래서 입원과
퇴원을 거듭하면서. 어떤 때는 휠체어에 의지해서 노래를 불러야했다.

그렇지만 무대에 선 건 고작 여덟 해였고, 노래도 300여 곡에 불과했다.

1971년 서른을 채우지 못하고, '마지막 잎새'를 부르며 낙엽처럼 떨어졌다.

배호의 맥은 오기택 남일해 남진으로 이어진다.

Youtube, ; 돌아가는 삼각지

풍류 한량

괴짜 피아니스트, 임동창

호가 '그냥'이라니. 뭐 그래!

음악에 관심이 있은 사람은, 임동창을 잘 알 것이고. 요리에 관심이 있은 사람은, 이효재를 잘 알 것이다.

임동창의 아내는 이효재
이효재의 남편은 임동창

자유로운 영혼, 별난 인생, 그는 장사익의 후배다.

자작 '효재의 꿈'과 '이 뭐꼬? 라는 시에, 가락을 얹어 연주한 것을 들어보니. 임동창은 과연 난 놈이었다.

이효재가 처음 만난 것은 임동창이 머리 깎고 깨달음을 얻으려고 몸부림칠 때였다.

임동창이 충북 보은의 10만㎡(3만 평) 99칸 집 주인 '선병국'의 아들에게 음악을 가르쳤다. 그 아이 엄마가 이효재에게 소개를 해준 것이다.

이효제의 기억

머리를 빡빡 밀고, 맨발에 옷은 헤진 채, 아이들이랑 오글오글 산다.

그래서 다시는 안 보려고 했으나, 두 달 만인가? 소개해준 언니 성화에 못 이겨, 다시 만나보니 모성본능이 생기더라고.

보통내기가 아니야! 진국인 기라! 그래서 아! 이 사람이구나! 했지

남들은 괴팍하고 고집이 센 사람이라 생각하지만, 의외로 여린 면이 있어요.

그가 쓴 책 '노는 사람, 임동창'을 읽어보면 알 것이다.

임동창이 청혼할 때에 내건 조건은 상식 밖이다.

첫째, 나는 내 맘대로 살 테니, 당신도 당신 마음대로 살라.

둘째, 내가 달라고 할 때 즉시 시원한 물을 가지고 와라.

셋째, 나는 피아노의 선율을 정리할 때까지 돈은 못 번다.

이러한 엉뚱한 프로포즈를 받고도, 이효재는 청혼을 받아들였다.

그이는 돈 앞에서 당당할 줄 아는 사람이다.
세상 모든 것을, 있는 그대로를 존중하는 사람이다.

머리칼을 잘라, 술을 사주어도 될 사람이라고 생각해서 결혼했다.

그는 영어나 운전, 인터넷을 모른다, 그래도 전혀 불편하지 않아 한다.

괜찮아요! 하는 각시 말이 어찌나 고마운지!

각시는 뜨개질이나 바느질로 시간을 보낸다. 손의 나이가 백 살이라잖아요. 미안하고 안쓰럽고.

두 달에 한 번 밖에 못 보는 서방인데, 가까이하고 싶어, 억지로 끌어당기면, 마지못해 이불 속으로 기어든다.

그게! 무슨 부부랄 수 있나요!

이효재는 서울 성북동 길상사 바로 앞, 대지 154평 한옥에서 산다.

결혼할 때 다짐

같이 살아도 서로 코 꿰지 말자. 나는 내 맘대로 살 테니, 각시도 각시 맘대로 살아라! 각자 자유롭게

나는 피아노에 전념해야 하니, 공연 다닐 시간이 없다. 당분간 돈은 못 벌 것이니, 하루 세 끼만 먹여주면 된다.

거친 야생마 같은 자신의 모습을, 알아주는 각시가 고마웠다.

기러기 아빠와 비교해도 별난 부부다. 자식이 없어서 그런 것 같다.

몇 달에 한번 서울에 와도, 얼굴 볼 새가 없다. 각시도 바쁘니까

공연을 할 때나, 아니면 각시가 지방에 내려올 때나 보고.

전화는 수시로 해요. 중요한 일이 있으면 바로 상의하고, 어디를 가면 간다하고, 집에 들어오면 들어온다고 보고해요.

떨어져 있으면, 마음이 멀어지는 것을 금방 알아요. 각시는 그런 게 전혀 없어요. 서로가 서로를 가장 잘 알잖아요.

떨어져 살지만, 각시 생각만 해도 마음이 설렌다.

이효재가 본 임동창

맨발에 검은 티셔츠와 통바지, 민둥산으로 만든 헤어스타일

스스로 만들고, 스스로 추구한 인생의 가치 앞에서, 자유로운 영혼

그는 피아니스트 임동창도, 작곡가 임동창도, 국악인 임동창도 아닌, 그냥 임동창이다. 호가 '그냥'인 것처럼

임동창은 과연 난 놈이다.

덴마크 국제 예술 대회에서 7시간 동안이나 즉흥적으로 연주를 했다.

관중을 음악적 카리스마로 휘어잡고, 그들과 한 몸이 되어, 덩실덩실 춤을 추고, 피아노를 친다. 그리고 '비 내리는 호남선' 등 뽕짝을 부른다.

기인(奇人)에 이외수만 있는 줄 알았는데. 여기 또 한 놈이 있네!

은유 시인 조관우

우리나라에도 '부전자전'이라는 말이 딱 어울리는 가수가 있다.

선대의 음악적 재능을 물려받아 3대에 걸쳐 다양한 장르에서 두각을 나타내는 음악인으로, 무형문화재 판소리 명창 조통달과 미성 조관우 그리고 아들 조현이다.

이모할머니는 판소리 명창 박초월

효자로 소문 난 조관우도 아버지로 부터 호되게야단 맞은 적이 있다고 했다.

우리 집안에 띤따라(딴따라)는 용인할 수 없다. 그러면서 중학교 친구에게서 빌려온 기타를 박살냈다.

또한 사내자식이 무슨 기집에 같이 앵앵거리기냐?

그의 목소리는 원래가 굵은 중저음이었다.

배호 노래와 비교해보니 이런 저음으로는 두각을 나타낼 수 없어, 여성처럼 가냘픈 소리로 바꾸었다고 한다.

조관우는 1993년 SBS 공채 탤런트 출신 장연우와 음반작업을 하면서 부부의 연을 맺었다.

소문난 잉꼬부부였으나 무슨 사연인지, 10억이 넘는 빚을 지고 신용불량자가 되었다.

그래서 부인만은 피해를 주지 않으려고 이혼했다고 한다. 하지만 지금도 친구처럼 지내고 있다.

조관우의 음악 반 이상이 부인이 작곡한 것인데, 부인의 권유로 저작권 명의는 조관우가 갖기로 했으나 이혼을 하자 약속대로 돌려주었다고 한다.

그런데 아버지 같이 3번 결혼하고 3번 이혼했다.

조관우는 음유 시인으로 알려져 있지만 얼굴 없는 가수, 눈 감고 듣는 가수라는 애칭도 있다. 유흥업소 출연은 하지 않는다.

조관우의 섬세한 목소리는 남이 흉내 못하는 매력이 있다.

아버지의 영향을 받아서인지 '한'으로 대변되는 국악의 정서를 자신의 목소리로 녹여낸다.

그가 부른 '꽃밭에서'를 들으면 가슴 한 구석이 아련하게 저며 온다.

팔세토(falsetto) 창법

여성 음역보다 높은 고음을 자유자재로 내는 것을 팔세토 창법이라고 한다.

우리말로 가성(假聲)이다.

이탈리아 어로는 팔세토(falsetto)인데 '가짜 소프라노'

가성과 진성을 오가는 것이 마치 알프스 메아리처럼 들린다고 해서. 요들(yo-del) 송이다.

진성으로 여성 음역을 소화한, '정훈희의 꽃밭에서'를 리메이크한 조관우가 그런 경우다.

Youtube, - 꽃밭에서

비 내리는 영동교, 가수 주현미

주현미는 1961년 11월 5일 중국 산동성 출신인 주금부와 한국인 정옥선 사이에서 태어난 혼혈 3세로 중국 이름은 저우쉬안메이. 4남매 중 장녀다.

아버지는 중국과 한국을 오가며 한약재 사업을 하는 한의사였다. 그래서 자연스럽게 한의학에 눈을 떴다.

중학교 2학년 때, 아버지의 친구인 작곡가 정종택 씨에게서 레슨을 받아 '고향의 품'이라는 노래를 처음으로 취입했다.

1981년 MBC 강변가요제 중앙대 약대, 음악그룹 보컬멤버로 출전해서 입상을 했다.

약대를 졸업하고 남산 입구에서 '한울약국'이란 약국을 운영했는데 처방이 주로 민간요법이라 수입이 별로 많지 않았다고 한다.

가수란 직업이 오래가지 못할 것으로 예상해서, 데뷔 후에도 약국을 운영했다.

약사로 활동하던 때, 작곡가 정종택의 권유로 김준규 씨를 만나 메들리 곡 '쌍쌍파티'를 취입해서 공전의 히트를 쳤다.

1985년 '비 내리는 영동교'를 발표하여 정식으로 가수로 데뷔했다. 그래서 국내 최초 약사가수란 수식어가 붙었다.

첫 앨범인 비 내리는 영동교가 대중들에게 좋은 반응을 얻어 신인상을 수상했다.

눈물의 부르스와 신사동 그 사람이 연달아 히트하면서 10대 가수상과 최우수 가수상을 받았다.

주현미는 이미자, 김연자, 문희옥 등 정통 트로트를 고수하는 몇이 안 되는 가수다.

남편은 보컬리스트 출신으로 조용필 밴드 '조용필과 위대한 탄생'의 기타리스트 임동신이다.

남편은 하던 일을 그만두고 아내의 매니지먼트 일에다가, 프로듀싱 작업까지 도왔다.

여자가 결혼하면 일에서 은퇴하고 남편을 내조하는 것이 당연시했던 시대에 큰 결심을 한 것이다.

주현미는 인기를 모두 포기해도 좋을 만큼 남편을 사랑했다.

그래서 가요대상 수상식에서 울먹이며 남편에게 가장 먼저 감사를 전했다.

백년가약을 맺은 뒤로 30년 동안 한 번도 남편 모습을 공개하지 않았는데, 방송울렁증 때문이라고 한다.

락 발라드 장르가 대중가요를 강타하면서 정통 트로트를 부르던 가수들에게 는 시련이 왔다.

앨범 '추억으로 가는 당신', '또 만났네요.'가 대중들 사이에 많이 알려졌으나 활동 비중은 오히려 줄어들었다.

이호섭이 작사한 '짝사랑, 잠깐만'이 히트를 쳤는데, 작곡은 남편이 임기석이 란 가명으로 발표한 것이었다고 한다.

잠시 활동이 주춤하던 때에, 뜬금없이 주현미가 에이즈에 걸려 죽었다는 소 문이 났다. 아이들을 키우느라 청계산 부근에서 살았는데 그런 소문이 난 것 이다.

그런저런 일로 7년 동안 음반활동을 하지 않았다. 단지 음반을 내지 않았을 뿐 가요무대나 방송, 일반 공연에는 꾸준히 참가했다.

그 일 이후로 주현미 별명은 수도꼭지다. 방송에 나왔다 안 나왔다 하기 때문 이다.

2010년부터 유튜브 채널 '주현미의 러브레터'에서 왕성하게 활동하고 있다.

금지곡과 그 이유

송창식 – 왜 불러 – 건방지게 누구에게 반말이야

이장희 – 그건 너 – 그건 나지, 왜 그건 너야

조영남 – 불 꺼진 창 – 컴컴한 방을 왜 기웃 거리냐?

김추자 – 거짓말이야 – 좀 속아주면 안되겠니?

한대수 – 물 좀 주소 – 아그야! 물은 집에 가서 마셔라.

한대수 – 행복한 나라로 – 그렇게 좋으면 가면 될 것 아니냐?

양희은 – 행복한 나라로 – 불행한 나라에서 산다는 것이냐?

양희은 – 이루어 질 수 없는 사랑 – 왜 실연하고 지랄이야

이금희 – 키다리 미스터 김 – 짜리몽땅이 어때서?

정미조 – 불꽃 – 빨갱이 새끼 아닌가?

배 호 – 0시의 이별 – 할 짓 다하고 한 밤에 이별이라니

정광태 – 독도는 우리 땅 – 남 마누라가 자기 여자라고 우기는 놈

쟈니리 – 내일은 해가 뜬다 – 현실 부정

이미자 – 동백아가씨 – 가사가 왜색

양희은 – 아침 이슬 – 태양이 묘지 위에 뜬다니?

신중현 – 미인 – 가사가 저속해서
신중현 – 아름다운 강산 – 이유 없이
서태지와 아이들 – 시대유감 – 허무 조장

히트 송 하나로 먹고사는 가수

김정구 : 눈물 젖은 두만강
홍세민 : 흙에 살리라
박 건 : 마로니에,
이 용 : 잊혀진 계절
김정수 : 당신
이동원 ; 향수
김흥국 : 호랑나비
이무송 : 사는 게 뭔지
이애란 : 백세인생

솔베이지 송

오슬로 공항은 과거를 극복하고 눈부시게 발전한 노르웨이의 모습을 보여주려고 솔베이지 송을 들려준다고 합니다.

주한 노르웨이 대사관에 전화를 걸면, 받을 때까지 솔베이지 송이 흘러나옵니다.

우리도 노르웨이 같이 어려운 시절이 있었습니다. 아리랑처럼 솔베이지 송은 노르웨이의 국민가요입니다.

하늘에는 오색찬란한 오로라가 떠있고, 땅에는 온통 눈과 얼음입니다. 노르웨이는 일 년의 반이 겨울입니다.

부동항 베르겐은 세계에서 가장 북쪽 대서양에 있습니다. 한수어족(寒水魚族)인 대구의 회유통로이자 산란장입니다.

그러니 바다에 나가야 먹을 것을 구합니다.
자연히 항해술이 발달해서 악명 높은 해적이 되었습니다.

척박한 환경이 양순한 사람들을 포악하게 만든 것입니다.

Solveig Song

노르웨이 어느 산간 마을에, 가난한 청년 페르귄트와 아름다운 처녀 솔베이지가 살고 있었습니다.

두 사람은 서로 사랑했고 결혼을 약속했습니다.

페르귄트는 돈을 벌기 위해 영국으로 떠났습니다.

갖은 고생 끝에 돈을 모아 고국으로 돌아가는 길이었습니다.

망망대해에서 해적을 만났습니다. 악명 높은 바이킹입니다.

10년간 모은 돈을 전부 뺏기고 가까스로 목숨만 부지했습니다.

한시도 떠나지 않는 생각은 솔베이지가 보고 싶다. 집 밥이 먹고 싶다였습니다.

그래서 고향에 돌아왔지만 빈털터리로 약혼녀를 만날 수 없어서, 다시 영국으로 갔으나 극심한 불경기였습니다.

마침내 거리를 방황하는 노숙자가 되었습니다.

하지만 약혼녀를 잊을 수 없어 병든 몸으로 고향에 돌아왔습니다.

솔베이지가 살던 오두막집에는. 백발이 다 된 노파가 바느질을 하고 있었습니다.

그날 밤 페르귄트는 솔베이지의 무릎에 누워 조용히 눈을 감습니다.

봄이 왔습니다.

마을 사람들이 솔베이지의 안위가 걱정이 되어 오두막집을 찾아가보니. 두 사람이 껴안고 죽어있었습니다.

그 옆에서 악보가 나왔습니다. 그래서 Solveig Song이라는 이름을 지어주었 습니다.

Click - 솔베이지 송과 노르웨이 대구잡이

밤하늘의 트럼펫

1862년 미국 남북전쟁 때였다.

치열한 전투를 끝내고 휴식을 취하고 있는데. 칠흑 같은 어둠속에서 신음소리가 들렸다. 남군 병사였다

중대장 엘리콤(Ellicombe) 대위는 위험을 무릅쓰고 부상병을 치료해주었는데, 헌신적인 노력에도 불구하고 병사는 죽고 말았다.

헐! 자세히 보니 병사는 자신의 아들이었다. 아버지 허락 없이 남군에 입대한 것이다.

유품을 수습하자, 아들 호주머니에서 꾸겨진 악보가 나왔다.

비록 적군이지만 장례를 치러주는 것이 도리라고 생각해서, 상부에 군악대 지원을 요청했다.

적군이라는 이유로 기각되었지만, 중대장의 처지를 생각해서, 한 명은 써도 된다고 했다. 그래서 나팔수(Bugler)를 선택했다.

이런 사정을 안 나팔수는 혼신을 다해 불렀다.

트럼펫 소리가 얼마나 애절한지, 장례식장은 온통 울음바다였다.

악보는 진혼곡(鎭魂曲) 뿐 아니라 취침시간을 알리는 나팔로 미국 전역으로 퍼져나갔다.

이야기는 아직 끝나지 않았습니다.

한 사람을 사랑하는 일이
죄 짓는 일이 되지 않게 하소서

사랑해서 못 견딜 두려움으로
가슴을 쥐어뜯지 않게 하소서

사랑해서 쓰러져 죽는 날까지
사랑했노라 말하지 않게 하소서

그래서 내 무덤에 그리움만
소금처럼 하얗게 남게 하소서

안도현

고백의 상상
꿈길조차 아득한데
이미 움튼 사랑
어이해야 합니까?
당신의 미소 아니고는
열리지 않은
내 마음에
곱게도 피어있는
사랑을
당신은 어이 하여
그냥 두려 하온지요.